Son cavalier du désert

HEIDI RICE

Son cavalier du désert

Traduction française de

ANNE-LAURE PRIEUR

AZUR

HARLEQUIN

Collection : Azur

Titre original :
CLAMED FOR THE DESERT PRINCE'S HEIR

HARPERCOLLINS FRANCE
83-85, boulevard Vincent-Auriol, 75646 PARIS CEDEX 13
Service Lectrices — Tél. : 01 45 82 47 47

www.harlequin.fr

ISBN 978-2-2804-4051-6 — ISSN 0993-4448

1.

Kasia Salah plissa les yeux vers le nuage de poussière à l'horizon, avant de reporter son attention sur son portable.

Pas de réseau.

Elle jura entre ses dents. Sa grand-mère, autrefois, l'aurait punie pour cela. La sueur ruisselait dans son dos, sous son T-shirt et la longue tunique qu'elle portait pour se protéger de la chaleur du désert. Glissant l'appareil dans la poche de son short sous les plis de tissu, elle se tourna vers sa jeep et lâcha un autre juron. Après tout, personne n'était là pour l'entendre dans un rayon de quatre-vingts kilomètres. Ni la voir taper rageusement du pied dans le pneu de son véhicule en panne.

Que lui avait-il pris de s'aventurer dans le désert sans même un compagnon ? De préférence doué en mécanique ? Elle s'était montrée trop sûre d'elle, trop optimiste, jusqu'à l'imprudence. Ses trois plus grands défauts.

Sous l'impulsion du cheikh Zane Ali Nawari Khan, souverain de Narabia et mari de sa meilleure amie Catherine, les réseaux de télécommunication s'étaient largement développés à travers le royaume. Elle avait dû trop s'approcher de la frontière. Cette région désertique, flanquée de montagnes au sud, n'était habitée que par les Kholadis, une tribu nomade. Y capter du réseau tiendrait du miracle…

Kasia referma le capot de la jeep, la main enroulée dans sa manche afin d'éviter tout contact avec le métal brûlant. Par chance, elle avait fourni à Cat un itinéraire détaillé de son excursion. Son amie enverrait immédiatement une équipe de secours en ne la voyant pas rentrer le soir. Cela signifiait quand même passer la nuit dans le véhicule. Une perspective peu réjouissante, car les températures chutaient dès le coucher du soleil. Et ce n'était pas le seul danger qui se profilait.

Kasia remonta son keffieh afin de ne pas inhaler la poussière ambiante. Le nuage aperçu plus tôt avait grossi et bouchait à présent tout l'horizon. L'angoisse la gagna. Était-ce une tempête de sable ? Se dirigeait-elle vers elle ?

Elle n'en avait jamais vu avant, ayant passé l'essentiel de sa vie à l'abri dans le quartier des femmes du luxueux palais Doré. Mais elle avait entendu parler de ces tempêtes. Le chaos qu'elles semaient faisait trembler les Narabiens les plus endurcis. Sa grand-mère elle-même racontait avec terreur comment elles ravageaient le royaume, ensablant les terres agricoles et provoquant d'innombrables victimes.

Ça suffit, se tança Kasia. C'était tout elle, ça, d'exagérer les choses. En cela, elle ressemblait à sa grand-mère.

Kasia n'avait que quatre ans lorsqu'elle était allée vivre chez cette dernière, avant d'intégrer le personnel du palais à la mort de l'ancien cheikh. Son successeur, Zane, avait en effet engagé Catherine Smith, une étudiante de Cambridge chargée d'écrire un livre sur le royaume. Devenir l'assistante de Catherine à dix-neuf ans avait changé la vie de Kasia. Cat, en épousant Zane, était devenue reine de Narabia et lui avait ouvert les yeux sur tout un monde de possibilités au-delà des murs du palais.

Non, elle n'était plus l'adolescente fleur bleue d'autrefois, qui cachait son manque de confiance en elle derrière des rêves utopiques. Elle travaillait très dur pour atteindre son objectif : devenir environnementaliste afin de sauver les terres arables de Narabia du désert qui menaçait de les avaler. Ce n'était pas un vulgaire nuage de sable qui allait la démoraliser, n'est-ce pas ? Cette nuit dans le désert était l'occasion rêvée de collecter de précieuses données. D'ailleurs, rien ne prouvait qu'il s'agisse d'une tempête de sable. Les bulletins météo avant son départ ne mentionnaient rien de tel.

Malgré ces pensées rassurantes, son regard ne quittait pas l'horizon. Le nuage grandissait, bloquant le soleil. Il devait bien s'étaler sur cinquante kilomètres, à présent. Lézards, serpents et rongeurs filaient entre ses pieds se mettre à l'abri sous le sable tandis que le ciel s'obscurcissait. La panique s'empara de Kasia. Devait-elle se réfugier dans la jeep ? Se terrer en dessous ?

Soudain, un point jaillit du nuage telle une balle. Peu à peu, il prit la forme d'une silhouette, celle d'un cavalier juché sur un cheval au galop. Sa longue tunique noire flottait derrière lui, pareille aux ailes déployées d'un terrifiant oiseau de proie. À travers le rugissement de la tempête, le claquement de sabots se rapprochait.

Le cavalier était un homme d'imposante carrure, aux mouvements lestes et puissants. Il semblait ne faire qu'un avec sa monture lancée à toute allure. Sa coiffe lui dissimulait presque tout le visage. Le cœur de Kasia cognait à tout rompre. Sa panique monta d'un cran lorsque l'homme changea de cap pour foncer droit sur elle. C'est là qu'elle remarqua le fusil en travers de sa poitrine.

Un bandit. De qui d'autre pouvait-il s'agir, à des kilomètres de toute civilisation ?

Pas de panique, Kasia. Ce n'est qu'un homme, lui souffla une voix dans sa tête. Celle de sa grand-mère, qu'elle avait toujours associée au salut. Mais difficile de rationaliser sa peur dans une telle situation. Ses pieds refusaient de bouger, comme cloués au sol. Un cri étouffé fendit l'air, dans un dialecte qu'elle ne reconnut pas. Le bandit arrivait à sa hauteur.

Réagis, bon sang ! Ne reste pas plantée là !

Elle était seule et sans défense, exactement comme la petite fille d'autrefois. Sauf qu'elle n'était plus une enfant. Elle était une femme courageuse, intelligente et accomplie.

Se ruant vers la jeep, elle ouvrit la portière et s'empara du pistolet sur le siège passager. Zane avait insisté pour lui apprendre à tirer avant de la laisser partir seule dans le désert. Elle se débrouillait plutôt bien face à une cible en carton. Mais jamais encore elle n'avait tiré sur quelqu'un. Le cheval venait de s'immobiliser à moins d'un mètre du pare-chocs. Elle leva son arme, le visage fouetté par le sable, et posa un doigt tremblant sur la détente.

— Restez où vous êtes ou je tire ! cria-t-elle en anglais.

Après cinq ans à Cambridge, c'était devenu sa langue par défaut.

Deux yeux d'un brun profond se plissèrent au-dessus du foulard, luisants de colère. Une vive chaleur lui envahit la poitrine, d'autant plus terrifiante qu'elle ne s'expliquait pas une telle réaction. D'un mouvement souple, le bandit sauta à terre. Ses yeux ne la quittaient pas, telles deux flèches fichées en elle. Kasia recula d'un bond et le coup partit tout seul. Le bruit de la détonation se noya dans la tempête. Mais le recul de l'arme la projeta en arrière, si bien qu'elle tomba sur les fesses, tandis que l'homme tressaillait lui aussi.

L'avait-elle touché ?

Elle n'eut pas le temps de s'en inquiéter. Affolé, l'étalon s'était cabré, ses sabots moulinant l'air au-dessus de sa tête. Le bandit s'empara des rênes juste à temps avant qu'elle ne se fasse piétiner par l'animal. Au grand soulagement de Kasia. Un soulagement de courte durée. L'homme la dominait maintenant de toute sa hauteur. Paniquée, elle recula tant bien que mal sur les fesses en donnant des coups de pied au hasard devant elle.

— Ne m'approchez pas !

Où était son pistolet ? Elle le chercha frénétiquement des yeux, mais le sable lui obscurcissait la vue. Une main surgit de la tempête et lui agrippa le bras. L'homme la jeta sur son épaule avec une telle aisance qu'elle n'eut même pas le réflexe de se défendre. L'instant d'après, elle était à califourchon sur l'étalon noir. Elle tenta bien de sauter à terre, mais déjà l'homme enfourchait l'animal derrière elle. D'une main, il saisit les rênes tandis que son autre bras s'enroulait autour de sa poitrine, la plaquant contre lui.

Kasia en eut le souffle coupé, comme si un étau d'acier comprimait sa chair. Abandonnant la jeep à demi ensablée, ils s'élancèrent au galop. Ils semblaient même voler, tant ses fesses rebondissaient sur la selle. Son corps pliait sous celui, bien plus fort, de l'homme penché sur elle, sa tunique rabattue de manière à la protéger du sable. Elle tenta de s'arracher à sa léthargie, à sa terreur. Et d'où venait cette chaleur qui l'inondait partout où leurs deux corps se touchaient ? C'était un kidnapping ! Elle devait se battre !

Mais impossible de crier. Même respirer lui faisait mal. Elle était prisonnière, terrassée par cette incroyable force masculine. Par l'obscurité et la tempête qui faisait rage autour d'elle. Ils chevauchèrent ainsi une éternité, lui sembla-t-il. Peu à peu, la panique céda la place à l'épuisement. Le rythme du cheval la berçait malgré elle, et le corps viril de son ravisseur formait un cocon protecteur contre les éléments déchaînés.

Souffrait-elle du syndrome de Stockholm ? se demanda-t-elle vaguement.

Vaincue par la fatigue et une volonté surpassant la sienne, elle ferma les yeux. De nouveau, elle était cette petite fille d'autrefois, abandonnée par sa mère. Mais elle n'était plus seule et sans défense. Non… Deux bras puissants la protégeaient, prêts à braver toutes les tempêtes.

2.

La première chose que sentit Kasia fut la morsure du froid sur son visage. Puis le poids dans son dos, qui l'étouffait et la réchauffait en même temps. Elle ouvrit les paupières. Le ciel rougeoyait à l'horizon, piqué d'étoiles ici et là. Ses cuisses tremblaient de chaque côté d'une large masse en mouvement. Un cheval. Elle chevauchait un cheval…

Tout lui revint en mémoire d'un coup. Elle avait été kidnappée ! Par un homme dont le bras musclé lui enserrait la taille, tandis que sa chaleur l'enveloppait tel un manteau. C'était donc lui, l'origine des rêves troublants qui avaient agité son sommeil…

Chassant ce souvenir, elle tenta de dégager ses bras. Un grognement résonna près de son oreille. Soudain, elle prit conscience du silence quasi sépulcral qui régnait autour d'eux. La tempête était passée. Elle était seule au milieu du désert, à la merci du bandit qui l'avait capturée. Ou sauvée ? Mais pour quelle raison ? Quoi qu'il en soit, elle devait à tout prix lui échapper.

Alors qu'ils atteignaient le sommet d'une haute dune rocailleuse, une oasis se dessina dans la vallée en contrebas. L'étalon s'engagea sur la pente d'un sabot sûr. Plantes et palmiers poussaient à profusion autour de l'étang, dont la surface miroitante reflétait l'incendie du coucher de soleil. Le souffle de son ravisseur contre son oreille affola le cœur de Kasia. Était-ce du désir qu'elle entendait dans sa respiration hachée ? Comment le savoir ? Elle ne s'était jamais retrouvée entre les bras d'un homme excité.

Non, mais à quoi tu penses ? Concentre-toi plutôt sur la situation !

Ses doigts étaient douloureusement engourdis sur le pommeau de la selle. Le sable lui piquait les yeux et ses cuisses la brûlaient après cette interminable chevauchée. *Allez, réfléchis !* Elle devait au plus vite trouver un plan. Si le bandit l'avait secourue, c'est qu'il ne lui voulait aucun mal, non ? La communication n'était-elle pas la clé de tout ?

— Merci de m'avoir sauvée de la tempête. Je suis une amie proche de la reine. Ramenez-moi au palais et vous serez généreusement récompensé, dit-elle avec toute l'autorité dont elle était capable dans son état.

L'homme ne répondit pas, son corps avachi contre le sien. Comme ils approchaient de l'étang, le cheval accéléra le pas et s'immobilisa devant une large tente plantée au cœur d'un bosquet de palmiers. La fraîcheur de l'eau dissipa un peu l'odeur fétide de l'animal et celle, salée, de l'inconnu. Kasia donna un coup d'épaule dans son torse et libéra ses bras. L'homme grogna, mais étrangement, elle n'éprouvait aucune peur. Peut-être parce que la façon dont il la tenait semblait plus protectrice que menaçante. Ou était-ce encore un tour de son éternel optimisme ?

Non, il n'avait pas cherché à l'attaquer, aussi réitéra-t-elle sa promesse de récompense en narabien. Toujours aucune réponse.

Ils restèrent ainsi sur le cheval, son corps sensible à chaque infime frémissement du sien. La flexion des muscles de ses cuisses envoya une onde brûlante à travers son être. Kasia en fut secouée. Était-elle physiquement excitée ? Sans même savoir s'il était un bandit ou un bon Samaritain ?

Le gémissement qu'il poussa se répercuta le long de sa colonne vertébrale. Soudain, l'étreinte autour de sa taille se relâcha et elle sentit l'homme glisser sur le côté. Que se passait-il ? Mettait-il pied à terre ? Elle serra les genoux contre les flancs du cheval et se cramponna au pommeau. L'air frais afflua dans son dos, suivi par un choc sourd. Elle baissa les yeux et vit l'homme gisant par terre.

— Ce n'est pas vrai !

Mille questions s'embrouillaient dans l'esprit de Kasia. Comment pouvait-il être tombé de cheval ? S'était-il endormi ? Était-ce pour cela qu'il ne lui avait pas répondu ? Il devait être encore plus épuisé qu'elle après une telle chevauchée. Malgré sa confusion, une chose était sûre : c'était l'occasion rêvée de s'enfuir !

Vivement, elle attrapa les rênes. Elle n'était plus montée à cheval depuis son départ pour Cambridge. Surtout un cheval aussi imposant. Mais en voyant l'homme sans force sur le sol, elle changea d'avis et sauta à terre. Peut-être était-elle inconsciente, mais elle ne pouvait pas l'abandonner ainsi. Pas après avoir dormi des heures entre ses bras pendant qu'il prenait tous les risques pour les conduire en lieu sûr.

D'abord, elle tenta d'éloigner le cheval de l'homme inerte. Sans succès.

— Tu ne veux pas le laisser, c'est ça ? murmura-t-elle en lui caressant le museau.

L'animal remua la tête comme pour confirmer ses dires. Renonçant à amadouer l'étalon, elle s'approcha prudemment de l'homme.

Son état ne diminuait en rien son impressionnante stature. Le keffieh avait glissé, révélant une masse de cheveux noirs ondulés. Mais c'est la beauté de son visage qui lui coupa le souffle. Un teint tanné par le soleil. Des pommettes saillantes. Des traits d'une symétrie parfaite, auxquels une barbe de trois jours apportait un côté sauvage. Même Zane ne lui arrivait pas à la cheville. Les traits de l'homme étaient moins raffinés, mais tellement plus percutants.

Et alors ? se sermonna-t-elle. Il avait beau être à tomber, il n'en restait pas moins un bandit.

Un bandit qui l'avait néanmoins sauvée.

Rassemblant son courage, elle se pencha pour mieux distinguer son visage. Pourquoi lui semblait-il familier ? L'espace d'une fraction de seconde, une étoile filante l'éclaira plus nettement. Le choc envoya une violente décharge dans tout son être.

— Prince Kasim ?

Le souverain des Kholadis, présent au mariage de Cat et

Zane cinq ans et demi plus tôt. Elle connaissait par cœur les rumeurs à son sujet. Fils illégitime d'une concubine de l'ancien cheikh, il aurait été expulsé du palais enfant quand Zane, l'héritier légitime du souverain, avait été enlevé à sa mère à Los Angeles et ramené à Narabia lorsqu'il était adolescent. On racontait qu'il avait miraculeusement réussi à traverser le désert, seulement pour être traité avec mépris par la tribu nomade de sa mère, avant de s'imposer comme chef en grandissant à la seule force de ses poings.

Kasia se délectait de ces histoires, adolescente. Si tragiques et émouvantes. Elles lui conféraient une aura de danger qui le rendait plus mythique encore. Non qu'elle en eût besoin pour le placer sur un piédestal, après l'avoir vu en chair et en os, à dix-neuf ans, au mariage de Cat et Zane.

En tenue de cérémonie, il s'était présenté au palais à la tête d'une garde d'honneur lourdement armée. Kasia avait été subjuguée, comme toutes les autres femmes présentes. Grand, arrogant, mi-guerrier mi-chef, éblouissant de virilité… Et plus jeune qu'elle ne s'y était attendue. Il devait avoir dans les vingt-cinq ans, puisqu'il n'en avait que dix-sept lorsqu'il était devenu chef des Kholadis. Suite à des années de guerre contre l'armée de son propre père, il avait négocié une trêve avec Narabia quand Zane était monté sur le trône.

Après l'avoir observé de loin au mariage, puis lors de quelques autres visites officielles, Kasia avait développé une certaine fascination pour le prince guerrier. Ses prouesses auprès de la gent féminine étaient aussi légendaires que ses aptitudes au combat et son intelligence politique. Kasia ne perdait pas une miette des rumeurs circulant au sein du quartier des femmes après chacune de ses visites. Sur sa virilité exacerbée. Ses « atouts » impressionnants. Sa capacité à faire jouir une femme d'un seul regard. Toutes ces histoires étaient largement exagérées, bien sûr. Même si sa silhouette athlétique et son sourire ravageur incitaient à y croire. Kasia rêvait d'être la prochaine destinataire de ce sourire, et plus encore.

Il était un mythe, pour elle. Presque un dieu, objet de ses émois d'adolescente. Aujourd'hui, il n'était qu'un homme.

Une vive chaleur se répandit entre ses cuisses. Mais pas n'importe quel homme. On ne le qualifiait pas de *bad boy* pour rien. Que lui avait-il pris de pointer une arme sur lui ? Dieu merci, elle l'avait manqué. Malgré son goût pour la débauche, c'était un prince puissant, qui l'avait sauvée de surcroît. Au fond, tout cela était assez romantique…

Au même instant, ses paupières frémirent. Deux yeux d'un brun profond se posèrent sur elle. Kasia sentit le feu au creux de ses reins s'embraser.

— Prince Kasim, comment vous sentez-vous ? demanda-t-elle en anglais.

Parlait-il seulement cette langue ? Elle répéta sa question en narabien. Pour la première fois, elle remarqua son front en sueur. Son regard, si intense quelques heures plus tôt, semblait hagard. Il répondit dans un anglais mâtiné d'accent.

— Mon nom est Raif. Seul mon frère m'appelle par mon nom narabien.

Suivit un soupir indigné.

— Et comment croyez-vous que je me sente, petite sorcière ? Vous m'avez tiré dessus.

La balle l'avait donc touché ?

— Je suis vraiment désolée, bredouilla-t-elle.

Mais Raif avait déjà refermé les yeux. Affolée, elle écarta les pans de sa tunique. Un tatouage ornait sa peau nue, ainsi que des cicatrices. Tant de cicatrices… Curieusement, elles ne faisaient qu'ajouter à sa beauté ténébreuse. Ignorant l'onde de désir dans ses veines, elle fit courir des mains tremblantes sur sa poitrine, palpa frénétiquement ses côtes, puis ses épaules, à la recherche de la blessure. Ses doigts rencontrèrent une texture visqueuse. Pas d'erreur, c'était du sang.

Kasia ouvrit des yeux horrifiés. Elle s'était lancée si sûre d'elle au volant de sa jeep. Une femme forte, déterminée, qui allait jusqu'à jurer tout haut. Elle se retrouvait maintenant seule dans le désert avec un homme inconscient et blessé. Un prince guerrier qui l'avait sauvée d'une tempête de sable, et qu'elle avait remercié en lui tirant dessus. Jamais de sa vie elle ne s'était sentie aussi démunie.

3.

Tu n'es pas mon fils. Tu n'es le fils de personne. Juste une vermine née par erreur.

Raif s'agita dans son sommeil. Son cœur cognait violemment devant le visage de son père. Son rictus cruel. Le mépris dans ses yeux. Ces mots étaient les seuls qu'il lui ait jamais adressés, et leur écho glacial rouvrait une plaie mal cicatrisée, ancienne et pourtant si vive encore.

Je t'ai nourri et habillé pendant dix ans. J'ai rempli mon devoir. Tu es un homme, maintenant. Disparais.

— Non…

Un gémissement plaintif. Pathétique. La gifle avait claqué tel un coup de fouet. Alors pourquoi était-ce son bras qui lui faisait mal, et non sa joue ? Il remua, autant pour localiser la source de l'élancement que fuir ses souvenirs douloureux.

— Chut, prince Raif. Vous avez fait un cauchemar. Tout va bien.

Des paroles apaisantes en anglais lui parvenaient à travers un épais brouillard. Une douce caresse lui effleura le front, comme celle d'un ange.

— Pas un prince. Une vermine, murmura-t-il dans la même langue.

Une fragrance féminine, mélange d'épices et de jasmin, s'insinuait dans ses narines. C'était agréable. Si agréable qu'un torrent brûlant déferla dans ses veines, durcissant son sexe. Il se concentra sur ce flot de plaisir pour mieux chasser l'amertume instillée dans son cœur par son cauchemar. Bien qu'épuisé, il n'oubliait pas sa règle d'or : ne jamais trahir la moindre faiblesse.

La voix féminine s'éleva de nouveau. Mais le sang battant derrière ses tempes l'empêchait de comprendre ce qu'elle lui disait. Un bol fut poussé contre ses lèvres. Il les entrouvrit, avide d'eau fraîche pour apaiser sa gorge sèche.

— Doucement. Vous allez vous étouffer.

La voix s'était faite plus autoritaire. Il ne l'en aima que davantage. Lorsque le bol lui fut enlevé, il ouvrit péniblement les yeux. Ses paupières étaient lourdes, comme si des pierres y étaient attachées.

— Qui êtes-vous ?

Une vision vaporeuse prit forme au-dessus de lui. Un ange, ou peut-être un succube, sublime avec sa crinière plus sombre qu'un ciel nocturne et ses grands yeux couleur d'ambre. Une délicieuse rougeur assombrissait ses joues.

J'ai envie de toi.

Avait-il prononcé ces mots tout haut ?

— Je ne comprends pas, prince Raif. Je ne parle pas le kholadi.

Les lèvres pulpeuses au-dessus de lui remuaient, mais c'était lui qui ne comprenait pas. Pourquoi mélangeait-elle son titre narabien et son nom tribal ?

— Magnifique, murmura-t-il en anglais.

Il avait envie de caresser sa peau pour voir si elle était aussi douce qu'elle en avait l'air. De capturer ce menton délicat et sceller leurs lèvres dans un voluptueux baiser, tracer de sa langue le contour de son arc de cupidon… Mais lorsqu'il leva la main, un éclair de douleur fusa dans son bras.

— Restez allongé et rendormez-vous. Ce n'est pas encore le matin, prince Raif.

Prince Raif ? Je ne suis pas un prince. Je suis le chef des Kholadis.

Il serra les dents comme la fraîcheur de longs doigts graciles effleurait son torse. Une autre oasis au cœur de la nuit brûlante. Il cherchait désespérément à rester conscient, se raccrochant à elle pour ne pas replonger dans ses cauchemars.

— Pas un ange… Une sorcière.

Puis la vision s'estompa et il sombra de nouveau dans le sommeil.

Cela faisait maintenant plusieurs heures que Kasia veillait le prince Raif. Elle trempa le chiffon dans le bol à côté du lit, l'essora, puis frotta délicatement son torse en sueur le long de chaque muscle délié. Un courant électrique lui remonta le bras, désormais familier. Elle passa à l'épaule, où un serpent rouge et noir ondulait sur l'omoplate à la faible lueur de la lampe à kérosène.

Concentre-toi, Kaz, s'exhorta-t-elle, une fois de plus saisie par tant de beauté masculine. Dieu merci, il n'avait pas de fièvre. Les propos incohérents qu'il avait tenus devaient être un cauchemar. Il s'était rendormi, sa respiration profonde et régulière. Il avait même réussi à avaler suffisamment d'eau, cette fois.

Elle replongea le chiffon dans le bol et poursuivit sa toilette, fascinée par les cicatrices striant le large torse. Le choc lui avait arraché un cri horrifié lorsqu'elle les avait découvertes en le débarrassant tant bien que mal de sa tunique tachée de sang. Comment survivait-on à autant de blessures ?

Les joues en feu, elle appliqua son chiffon le long d'une marque blanche zigzaguant à travers un léger duvet qui allait se perdre sous la ceinture du pantalon. Le seul vêtement qu'elle n'avait pas eu le courage de lui enlever. Son regard se posa sur l'impressionnant relief tendant le tissu noir. Trempé de sueur, il lui collait à la peau et ne laissait rien à l'imagination. Ce n'était pas la première fois que cela se produisait, ces dernières heures. Cette preuve de vigueur masculine la rassurait autant qu'elle la troublait. Il ne devait pas aller si mal s'il était capable d'une telle érection. Mais quel homme était physiquement excité après avoir reçu une balle, aussi superficielle que fût sa blessure ?

Peut-être était-ce naturel dans son état, supposa Kasia. Qu'en savait-elle ? Elle n'avait jamais couché avec un homme. Ni tiré sur qui que ce soit avant. Le feu de ses joues s'intensifia. Sérieusement, elle devrait y être habituée, maintenant. Cela faisait un moment qu'elle l'observait et s'interrogeait sur sa taille… *Ça suffit, Kaz !*

Elle s'obligea à regarder plus haut. Le bandage qu'elle lui avait appliqué quelques heures plus tôt était toujours propre.

Une chance que la balle n'eût fait que lui égratigner le bras. Elle avait perdu son téléphone lorsqu'il l'avait secourue et n'avait découvert sur place aucun moyen de communication. Elle avait beau être formée aux premiers secours, opérer en urgence sous une tente dépassait ses compétences !

Cette tente-là, néanmoins, sortait de l'ordinaire. Un campement digne d'un prince du désert, où elle avait d'ailleurs eu le plus grand mal à le traîner. De riches soieries tendaient les parois, qui abritaient un large lit posé sur des palettes, ainsi qu'une panoplie de chasse complète, des coffres remplis de conserves et d'aliments séchés, et même une glacière alimentée par une batterie, remplie de viande et de denrées périssables. Kasia avait également déniché du matériel médical, dont elle s'était servie pour nettoyer et bander la plaie de Raif. Il y avait même une chèvre attachée à un pieu derrière le campement, non loin d'un enclos où paissait un poney et d'un box pour les deux équidés.

Depuis combien de temps le prince Raif vivait-il ici ? Et pourquoi seul ? À moins qu'il ne s'agisse d'un simple refuge pour les Kholadis en cas d'urgence ?

Elle laissa tomber le chiffon dans le bol et posa une main sur le front de son patient. Toujours normal. Aucun signe d'aggravation de son état. Un soupir de soulagement passa sur ses lèvres. Après avoir vu ses cicatrices et entendu ses gémissements dans son sommeil, la dernière chose qu'elle souhaitait était lui faire plus de mal encore qu'elle n'en avait déjà fait. Au fil des heures, sa veillée avait même pris un tour étrangement cathartique.

Le prince Raif l'avait toujours fascinée, un peu à la manière d'un dieu. Mais en cet instant, c'était l'homme qui la captivait, quasi nu, souffrant d'une légère insolation à en juger par la couleur de sa peau. La preuve de sa mortalité et la dure réalité de sa vie transparaissaient dans chacune de ses cicatrices. Dans ce saisissant tatouage sur son épaule. Un frisson brûlant courut sur sa peau.

Il l'avait traitée de sorcière. Difficile de lui en vouloir. Elle lui avait bel et bien tiré dessus. Mais elle avait aussi lu le désir dans ses yeux, et ce désir l'avait troublée. Leur intimité, pourtant, n'était qu'une illusion. Elle se contentait de prendre soin de l'homme qui l'avait sauvée. Quant à Raif, c'était un séducteur notoire qui se lassait vite de ses conquêtes et tournait la page sans un regard en arrière.

Le craquement d'une bûche dehors la fit sursauter. Elle secoua la tête, s'arrachant à l'étrange torpeur qui s'était emparée d'elle. Si elle devait s'inquiéter de quelque chose, c'était de la façon dont elle justifierait son attaque lorsqu'il se réveillerait. Pas d'une opération de séduction purement imaginaire sur son insignifiante petite personne.

À l'horizon, l'aube commençait doucement à poindre. Les premiers rayons de soleil caressaient les dunes, teintées d'or et d'orangé par les flammes du brasero. Le désert était un monde à part, sauvage et magnifique, sophistiqué à sa façon. Mais un monde dont elle ne faisait pas partie, elle qui avait grandi au sein du palais du cheikh avant de s'envoler pour le Royaume-Uni. Jamais elle n'avait rencontré quelqu'un comme Raif. Autrefois, elle désespérait de jamais l'approcher. Aujourd'hui, elle connaissait par cœur le moindre contour de son corps, le moindre détail du tatouage ornant son épaule.

Kasia se leva et sortit admirer le lever de soleil sur le désert. Puis elle alla donner à boire au cheval dans l'enclos et collecta quelques bûches pour raviver le feu. La température, elle le savait, ne monterait réellement qu'une fois le soleil déjà haut dans le ciel. De retour dans la tente, elle s'approcha de Raif. Sa poitrine montait et s'abaissait à un rythme régulier. Plus aucun cauchemar ne semblait le tourmenter. Le cœur de Kasia s'allégea. Tout irait bien. Elle ne l'avait pas gravement blessé. Il avait même l'air paisible, à présent.

Elle s'allongea contre lui et tira la couverture sur eux, frissonnante dans son short et son T-shirt. Les mêmes qu'elle portait depuis maintenant vingt-quatre heures. Elle avait besoin de dormir. Mais par précaution, elle préférait rester à ses côtés au cas où il fasse un autre mauvais rêve. La chaleur de son corps viril s'insinuait en elle pour se concentrer entre ses reins. Bon, d'accord, peut-être n'était-ce pas la seule raison. Où était le mal ? Plus jamais elle n'aurait l'occasion d'être aussi proche de lui. Elle le devait à l'adolescente rêveuse qu'elle avait été et qu'elle avait crue disparue à jamais, tuée par toutes ces longues heures d'étude à l'autre bout du monde. Au fond, Kasia avait toujours bien aimé cette part romantique d'elle.

— Faites de beaux rêves, prince Raif, murmura-t-elle.

À peine fermait-elle les yeux que le sommeil l'emporta, traversé de rêves érotiques plus torrides que le soleil du désert, plus grisants que toutes les aventures qu'elle avait pu imaginer.

4.

Raif se réveilla en sursaut. Il referma aussitôt les paupières, ébloui par le soleil qui lui brûlait la rétine. Que faisait-il au lit en pleine journée ? À peine remua-t-il qu'une douleur lui élança le bras. La mémoire lui revint.

Le grondement assourdissant de la tempête. Le coup de feu. Le choc d'une balle déchirant sa peau. Puis l'odeur de jasmin et de sueur lors de l'interminable chevauchée. Le sommeil agité, entrecoupé de cauchemars. Et des voix. Celle de son père, dégoulinante de mépris, supplantée par les suppliques d'un ange l'enjoignant de rester allongé, de boire un peu, pas trop vite…

Non, pas un ange. Une sorcière.

C'est elle qui lui avait tiré dessus. Il revoyait son regard féroce lorsqu'elle avait pointé l'arme sur lui. Le désir l'avait envahi en même temps que la colère. Un sourire incurva ses lèvres sèches à ce souvenir.

Il ferma les yeux et se concentra sur son corps. Son bras était un peu raide, mais ce n'était rien à côté de la blessure infligée par Zarak la semaine précédente, à son retour après cinq mois d'absence. Une absence trop longue au goût de l'étalon, qui le lui avait signifié d'un violent coup de sabot. Zarak lui avait manqué, à lui aussi. Tout comme les paysages. La culture locale. Le peuple qui l'avait sauvé enfant et avait fait de lui un homme.

La tempête l'avait surpris alors qu'il quittait le campement, à la lisière des terres kholadies, pour s'isoler un temps dans son oasis privée, là où il n'était plus ni un chef, ni un prince, ni un magnat des affaires. Juste lui-même.

Il bougea son bras, testant ses limites. La douleur s'était quasi évanouie. Contrairement à la fièvre concentrée entre ses jambes. Et accentuée par un souffle tiède sur son torse. Il cilla, laissant ses yeux s'habituer à la lumière.

C'était elle, sa vision de la nuit précédente. Mi-ange, mi-sorcière.

Elle dormait profondément, allongée contre lui. Sa luxuriante chevelure sombre rehaussait la beauté de ses traits : des pommettes hautes, des lèvres appétissantes ne demandant qu'à être embrassées, et de grands yeux qu'il savait ambrés sous ces paupières closes. Quel âge avait-elle ? La vingtaine ? Une femme, donc, plus qu'une adolescente, assez hardie pour pointer une arme sur lui.

D'où venait-elle ? Le T-shirt poussiéreux tendu sur sa délicieuse poitrine arborait l'écusson de la même université britannique fréquentée par Catherine, la reine de Narabia. Bien que son ton teint mat suggérât une native de la région, elle était habillée comme une étudiante de Londres ou de Los Angeles.

Son désir monta d'un cran lorsqu'il remarqua les cuisses galbées dévoilées par le short. Les joues de la jeune femme se colorèrent et son souffle se raccourcit. Ses paupières frémissaient, signe qu'elle était en train de rêver. Sentait-elle qu'il l'observait ? Il réprima un sourire en l'entendant gémir. Un gémissement sexy à l'effet immédiat sur son érection. Rêvait-elle de lui ? Il l'espérait, car lui aussi avait rêvé d'elle.

Elle marmonna quelque chose et remua dans son sommeil. Sa main vint se poser sur son torse, traçant un sillon de feu de son téton à son nombril. Raif serra les dents. Les doigts de la jeune femme se rapprochaient dangereusement de la ceinture de son pantalon. Sa main retomba brusquement lorsqu'elle roula sur le côté, offrant à son regard son joli fessier rebondi.

Il s'humecta les lèvres, en proie aux affres de sa libido. Une autre émotion s'y mêlait, plus intime. La même qu'il avait ressentie dans la nuit quand, hanté par ses cauchemars, il s'était raccroché à sa compassion. Cela ne lui ressemblait pas. Il n'avait besoin de la tendresse de personne.

La solitude était sa plus fidèle compagne. Ce n'était pas la première fois qu'on lui tirait dessus et il avait survécu à bien pire qu'une tempête de sable. Il mettait un point d'honneur à ne jamais compter sur la bonté d'autrui. Si l'expérience lui avait appris une chose, c'était qu'on ne pouvait faire confiance à personne. La vie était une mission de survie perpétuelle. La moindre faiblesse vous menait à votre perte.

S'arrachant à la contemplation des fesses de la jeune femme, il s'assit dans le lit. Sa propre odeur corporelle le heurta de plein fouet. Seigneur, il sentait aussi fort que Zarak ! Son estomac grondait si bruyamment que c'était un miracle que l'inconnue dorme toujours. Il avait besoin de manger et de se laver. Il déciderait plus tard ce qu'il faisait de la femme. Si elle venait du palais Doré, le siège du pouvoir de son frère dans le royaume voisin de Narabia, il devrait bien l'y reconduire à un moment ou à un autre.

Il repoussa sa couverture et sourit devant la preuve physique de son désir. Il n'avait eu d'autre choix que de secourir la jeune femme lorsqu'il l'avait aperçue, démunie près de sa jeep en panne. Mais sa présence n'était peut-être pas une mauvaise chose. Ces quelques jours de retraite étaient censés lui permettre de souffler un peu, loin de ses responsabilités. De se reconnecter avec les fondements de sa vie avant qu'il ne devienne le chef des Kholadis dix ans plus tôt, à l'âge de dix-sept ans.

Il y avait de cela cinq ans, son rôle s'était complexifié lorsque sa décision d'exploiter leurs abondantes ressources minérales leur avait apporté une soudaine prospérité. Ces richesses requéraient d'être gérées et investies de manière à assurer à son peuple une plus grande stabilité. Telle était sa mission : améliorer leurs conditions de vie dans le désert et offrir aux nouvelles générations le choix que lui-même n'avait jamais eu. Mais entraîner les Kholadis dans le XXIe siècle tout en préservant leurs traditions ancestrales tenait du numéro d'équilibriste, compliqué par ses séjours à l'étranger l'éloignant de plus en plus souvent de cette terre qui l'avait nourri et avait forgé son identité.

Quel meilleur moyen de se relaxer qu'en s'oubliant un temps dans les bras d'une femme ? Surtout d'une telle beauté ?

Il se leva et sortit de la tente. Le soleil lui réchauffait la peau tandis qu'il inhalait à pleins poumons l'air sec du désert. Déjà, il sentait sa vitalité habituelle lui revenir. Une fois propre et rassasié, il réveillerait la fille. Qui sait si elle ne serait pas tentée de s'amuser un peu avant qu'il ne la ramène au palais ?

Kasia émergea lentement de son sommeil…

Avant de s'asseoir comme un ressort.

Où était le prince ? Le lit à côté d'elle était vide et le soleil entrait à flots par les pans ouverts de la tente. Elle s'extirpa du lit et se précipita dehors. Était-il sorti se dégourdir les jambes ? L'avait-il abandonnée là ? Combien de temps avait-elle dormi ? Une main en visière contre son front, elle se dirigea pieds nus vers l'enclos, en quête de son sauveur. L'étalon leva la tête et émit un petit hennissement avant de replonger le museau dans son auge remplie d'eau fraîche.

Ouf. Le prince n'avait donc pas quitté le campement. *Par sa faute*, songea-t-elle avec un regain de culpabilité.

Le gazouillis d'une source attira son attention. Après avoir donné une caresse au cheval, elle traversa le bosquet de palmiers pour se diriger vers l'étang au cœur de l'oasis.

La première chose qu'elle remarqua fut le bandage par terre, constellé de taches de sang séché. Son estomac se noua. Non loin, un pantalon noir pendait à un buisson. Depuis la lisière des arbres, elle balaya l'étang des yeux. Une brusque chaleur embrasa chacune de ses zones érogènes.

Waouh.

Son patient lui tournait le dos, debout sous la cascade, de l'eau jusqu'aux cuisses. Le prince Raif était son fantasme d'adolescente devenu réalité, tout en muscles sculptés et contours volontaires. Le serpent rouge et noir ondulait sur son épaule à chacun de ses mouvements. L'éraflure sur son bras se perdait parmi les innombrables marques striant sa peau mate. Le regard de Kasia glissa vers l'arrondi ferme de ses fesses…

Seigneur, il était encore plus époustouflant nu qu'en tenue de cérémonie ! Kasia retenait son souffle, hypnotisée. Ses tétons pointaient sous son T-shirt et une moiteur brûlante se répandait entre ses cuisses. Elle savait qu'elle devait rebrousser chemin. Le laisser se baigner en paix. Ne lui avait-elle pas causé assez de soucis comme cela ?

Mais c'était plus fort qu'elle. Elle était subjuguée par la beauté de ce corps masculin. C'était la première fois qu'elle voyait un homme nu dans la fleur de l'âge. Elle était bien sortie avec quelques garçons à Cambridge, mais sans jamais s'engager dans une relation plus poussée. Elle faisait peu la fête, trop obnubilée par ses études. Elle tenait à être un atout pour Narabia et aider le pays grâce à ses recherches.

Cat et Zane avaient investi une fortune dans son éducation. Cat assurait que l'argent n'avait pas d'importance. Qu'elle le méritait après des années de service au palais. Mais Kasia tenait à se montrer digne de l'honneur qu'ils lui faisaient. Elle était la première femme de Narabia à se voir offrir une telle opportunité. La première d'une longue succession, espérait-elle. Ses études passaient avant tout, sans que cela ne l'ait jamais dérangée.

Jusqu'à aujourd'hui.

Cette intense attirance physique la dépassait et l'effrayait un peu. Elle avait toujours été curieuse à propos du sexe, excitée à l'idée de sauter le pas. Elle attendait juste le bon moment. Mais alors que Raif se penchait pour se rincer les cheveux, contractant les fesses au passage, elle se demanda s'il était possible d'être *trop* excitée. Le désir qui hérissait ses tétons et embrasait ses reins était si violent qu'il en devenait douloureux. Il lui donnait presque le vertige.

Elle s'obligea à respirer calmement. C'est le moment que choisit le prince pour se retourner. Et lui faire face dans toute sa glorieuse masculinité.

C'était officiel. Son cœur allait éclater dans sa poitrine.

Le torse de Raif était aussi athlétique qu'il lui était apparu la veille, à la différence qu'il irradiait maintenant de vitalité.

Alors que Raif baissait les yeux afin de ne pas trébucher sur les rochers, elle en profita pour l'admirer tout à loisir. Il devait bien faire une tête de plus qu'elle, largement. Son regard erra sur les larges épaules, les abdominaux bien dessinés, avant de descendre encore, irrésistiblement attiré plus bas.

Doux Jésus. Érection ou non, le fabuleux pouvoir sensuel de sa virilité ne faisait aucun doute.

Kasia s'aperçut soudain que Raif avait cessé de bouger. Elle releva la tête, les joues en feu.

— Bonjour, petite sorcière, lança-t-il dans un anglais parfait. Êtes-vous en train d'évaluer les dégâts ?

Ses yeux bruns brillaient d'un éclat moqueur.

— Je…

Kasia s'empressa de croiser les bras sur le relief visible de ses tétons.

— Je suis désolée de vous avoir tiré dessus, prince Raif.

Et d'avoir violé votre intimité en vous lorgnant pendant que vous vous baigniez, ajouta-t-elle en son for intérieur.

Non que cela parût le déranger. Une arrogance toute princière émanait de chaque pore de sa peau. Ses lèvres s'incurvèrent à travers sa barbe.

— Comment m'avez-vous appelé ?

— Prince Raif ?

N'était-ce pas le nom qu'il lui avait donné ? Avait-elle mal compris ? De toute évidence, au vu de son amusement affiché. Peut-être était-elle censée mettre un genou à terre, comme elle l'avait fait une fois devant Zane en sa qualité de cheikh. Kasia préférait s'abstenir. S'agenouiller la placerait à hauteur de…

Hum. Cesse de le reluquer, Kaz !

D'ailleurs, ce manquement à l'étiquette ne semblait pas perturber le prince, qui combla la distance entre eux pour s'immobiliser devant elle.

— Juste Raif, corrigea-t-il. Je ne suis pas un prince en Kholadi, seulement un chef.

Elle huma son odeur salée lorsqu'il la dépassa, à laquelle se mêlait l'arôme de thym du désert. À l'aide d'une serviette ramassée au bord de l'étang, il essuya son torse ruisselant d'eau, dans un mouvement qui fit jouer ses pectoraux d'acier. Puis il récupéra son pantalon dans le buisson et le renfila nonchalamment.

Alors seulement Kasia s'autorisa à respirer de nouveau.

— Mon frère a insisté pour me donner le titre de prince Kasim lorsque nous avons fait la paix, il y a dix ans, expliqua-t-il. Mais ici, dans le désert, cela ne veut rien dire.

Était-ce une pointe d'amertume qu'elle percevait dans sa voix ? Kasia savait que les royaumes de Kholadi et de Narabia avaient longtemps été en guerre avant que le vieux cheikh Tarik ne soit terrassé par un infarctus. Sitôt arrivé au pouvoir, Zane avait négocié une trêve avec Raif. Depuis, les deux pays vivaient en bonne entente.

Mais la relation entre les deux frères demeurait à l'évidence plus fragile. Son cœur se serra à la pensée des cicatrices sur le corps de Raif, des cauchemars hantant ses nuits. Comme tout le monde, elle avait entendu dire qu'il avait été chassé du palais, enfant, afin de céder la place à son frère légitime, sans autre ressource que sa volonté pour survivre dans le désert. Jamais elle ne s'était interrogée sur les terribles séquelles qu'avait pu laisser sur Raif un tel traumatisme. Pour elle, l'histoire du prince Kasim, de sa survie et de ses batailles pour devenir chef des Kholadis, n'était qu'une légende. Mais la légende, aujourd'hui, s'avérait aussi réelle que les marques sur la peau de son héros. Rien d'étonnant à ce que sa relation avec son frère reste tendue, après avoir été si cruellement rejeté par leur père.

Sous ses airs invincibles, lui aussi pouvait souffrir, comme n'importe qui d'autre. Une vague de culpabilité l'envahit à la vue de la blessure qu'elle-même avait causée.

— Laissez-moi refaire le bandage de votre bras, dit-elle d'une voix étranglée.

Alors qu'elle tendait la main vers lui, il la captura de la sienne.

— Inutile.

— Mais si votre bras se remet à saigner ?

Sentait-il son pouls battre follement dans le creux de son

poignet ? Percevait-il son désir, alors même qu'elle était responsable de son état ?

Son léger sourire affola un peu plus son rythme cardiaque. *Il savait.*

— Ce n'est qu'une égratignure, assura-t-il en la libérant. J'ai survécu à bien pire.

Se mettre en danger faisait-il donc partie de son quotidien ?

— Tout est de ma faute, murmura-t-elle. Je m'en veux terriblement de vous avoir tiré dessus.

— Vous m'avez manqué. Et vous aviez peur. C'est naturel de chercher à se défendre.

— Je n'avais jamais fait feu sur qui que ce soit avant.

Raif ne parut pas s'en émouvoir. Il vivait dans un autre monde que le sien. Un monde cruel, où l'on tirait d'abord et discutait ensuite.

— Laissez-moi au moins vérifier l'état de votre blessure, prince Kasim. Cela me rassurerait, insista-t-elle.

Il promena un pouce le long de sa joue.

— Entendu. Mais seulement si vous m'appelez Raif.

Sa main retomba, non sans avoir provoqué en elle une décharge de dix mille volts.

— Vous m'avez vu sous toutes les coutures. À quoi bon faire des manières ?

Kasia hocha la tête, distraite par le timbre rauque et sexy de sa voix.

Cinq minutes plus tard, elle réalisa son erreur en s'agenouillant à côté de lui sur le lit pour changer son bandage. Le souvenir de son corps nu et ruisselant, allié à l'odeur enivrante de sa peau, lui compliquait sérieusement la tâche. Elle en venait à douter de la réalité de sa situation. Oui, tout cela ressemblait bien trop à ses fantasmes d'adolescente pour être vrai.

— Comment vous appelez-vous ?

Raif cherchait désespérément une distraction à la caresse légère sur son biceps. Tandis que la jeune femme enroulait le bandage, l'effort qu'il lui en coûtait de réprimer son désir frôlait le supplice. Avait-elle conscience de l'effet qu'elle avait sur lui ? Oui, sûrement.

— Kasia. Kasia Salah, répondit-elle, les yeux rivés à ce qu'elle faisait.

Mais son rougissement ne lui avait pas échappé.

— Vous êtes de Narabia ?

En quoi était-ce important ? Il avait eu des maîtresses de nombreuses nationalités différentes. Il ne choisissait pas ses conquêtes en fonction de leurs origines, mais du désir qu'elles lui inspiraient. Et il désirait cette femme comme aucune autre auparavant.

— Oui. J'ai grandi au palais Doré. Ma grand-mère y était employée comme cuisinière. Je faisais partie des domestiques.

Une part de lui s'adoucit. Elle était donc de modeste extraction. Comme lui.

— Jusqu'à ce que je devienne l'assistante de Cat, ajouta-t-elle avec une fierté évidente.

— Cat ? Qui est Cat ?

— Catherine Smith, aujourd'hui Catherine Ali Nawari Khan, reine de Narabia. Vous savez, la femme du cheikh, précisa-t-elle en se rengorgeant. Cat est ma meilleure amie. C'est à elle que je dois d'étudier à l'étranger depuis cinq ans.

— Pas à vous-même ?

Cette facilité avec laquelle elle attribuait à quelqu'un d'autre le mérite de sa réussite agaça Raif. L'épouse de Zane était une femme aussi belle qu'accomplie. Mais pas plus que celle qui lui faisait face. La seule différence était que Catherine n'avait jamais eu à se battre pour son éducation, contrairement à Kasia, devinait-il.

La jeune femme soutint son regard, clairement irritée par sa remarque. Le désir de Raif redoubla. Cette soudaine fougue dans ses yeux lui seyait à ravir.

— Si, bien sûr, concéda-t-elle. Mais c'est grâce à Cat que j'ai voulu faire des études. Elle et Zane m'ont permis d'aller à l'université au Royaume-Uni, dans un endroit appelé Cambridge.

Un endroit appelé Cambridge ! Croyait-elle qu'il n'avait

jamais entendu parler de la célèbre université britannique ? Pour qui le prenait-elle ? Un sauvage ?

Son orgueil en prit un coup, mais il s'abstint de tout commentaire. Elle vivait à l'étranger depuis cinq ans. Autrement dit, ce qu'elle savait de lui se résumait au fait qu'il était le fils illégitime de l'ancien cheikh, guerrier sans foi ni loi et coureur de jupons invétéré. Ces rumeurs n'étaient pas infondées. Plus jeune, il n'hésitait pas à les attiser, car elles lui conféraient une aura qu'il savait utiliser à son avantage, en affaires comme en politique, de même que dans sa vie privée. Sa réputation de *bad boy* faisait des ravages auprès des femmes, attirées par l'interdit et le danger.

Pourquoi ne pas profiter des préjugés de Kasia ? Il n'avait jamais eu honte de cet enfant mal aimé qui avait survécu à la soif et à la faim dans le désert, ni de cet adolescent féroce qui avait vaincu les plus grands guerriers kholadis pour devenir leur chef. Son passé vivait toujours en lui et le définissait à bien des égards. N'était-ce pas pour se reconnecter à cette part de lui-même qu'il s'était isolé dans le désert ?

Un flot d'adrénaline fusa dans ses veines. Cette femme l'avait vu faible et sans défense, et il détestait cela. Mais le guerrier tombeur de ces dames rétablirait l'équilibre des pouvoirs – en sa faveur.

Le bandage terminé, Kasia sortit un tube de lotion antiseptique de la trousse à pharmacie.

— J'ai remarqué des égratignures dans votre dos, là où vous êtes tombé de cheval, dit-elle en ouvrant le bouchon. Tournez-vous. Je vais y mettre de la crème avant qu'elles ne s'infectent.

— Assez.

Raif captura son poignet et sentit son pouls s'affoler, à sa grande satisfaction.

— Ce n'est pas mon dos qui requiert votre attention.

L'insinuation était limpide et le regard de la jeune femme glissa vers son entrejambe. Sa chair durcissait à vue d'œil, preuve indéniable de son excitation.

Elle releva la tête, les pupilles dilatées, le visage écarlate. Aucun doute. Elle aussi avait envie de lui.

— Je vois, bredouilla-t-elle.

— Je crois que nous en avons fini avec les préliminaires.

Il préférait être franc concernant ses besoins physiques. Quand il était question de sexe, il n'y allait pas par quatre chemins.

— Si tu me veux autant que je te veux, pourquoi ne pas assouvir notre désir mutuel ?

Il lui caressa la joue et la vit retenir son souffle. Sa température interne grimpa en flèche.

— Bien sûr, si tu n'es pas intéressée, je te ramène au palais.

Il laissa retomber sa main. Il était rare qu'il se montre aussi brusque avec ses conquêtes. Mais quelque chose chez Kasia court-circuitait ses sens au point de lui faire perdre tout self-control.

— Alors ? Que choisis-tu ?

5.

Toi. C'est toi que je choisis.

— Je…

Kasia hésitait. Le feu de ses joues n'était rien à côté de celui entre ses reins. La proposition du prince Kasim semblait sincère. Séduisante et sans détour, à l'image de l'homme lui-même. Comment y résister ?

Non, pas le prince Kasim. Raif, se reprit-elle. Il n'avait rien d'un prince, en cet instant. Même un prince du désert. Aucunes manières, aucune étiquette. Il exprimait sans vergogne ses besoins les plus primitifs, ce qui le rendait plus attirant encore. Son désir s'affichait avec ostension dans son érection prononcée. Son regard franc et direct.

— Je ne sais pas quoi dire, bredouilla-t-elle, déconcertée par la réaction de son propre corps.

Elle avait déjà flirté avec des hommes. Elle en avait même embrassé quelques-uns. Mais aucun n'avait jamais lancé une telle offensive à ses sens, à travers une offre aussi dénuée d'ambiguïté. Cela la changeait et la troublait à la fois.

— C'est une question simple, Kasia.

Simple ? Pour lui, sans doute. Il avait tellement plus d'expérience. Impossible de lui avouer qu'elle, de son côté, était encore vierge. Ce serait trahir une trop grande vulnérabilité.

L'ombre d'un sourire joua sur les lèvres de Raif.

— Laisse-moi reformuler ma question. As-tu envie de moi, Kasia ? La nuit dernière, j'ai rêvé que je te faisais l'amour.

Cet aveu fit vibrer la corde romantique en elle. Il lui effleura le visage de sa paume calleuse, et cette caresse abrasive envoya une flèche brûlante au cœur de sa féminité.

Son pouce traça la courbe de sa joue, puis glissa le long de son cou pour se perdre dans la vallée de sa clavicule. Le pouls de Kasia s'accéléra, son écho vibrant entre ses cuisses.

— Je veux te faire gémir de plaisir…

Le pouce de Raif frôlait maintenant un de ses mamelons à travers son T-shirt et son soutien-gorge.

— Je veux sentir les pointes de tes seins enfler sous ma langue…

Ces dernières se durcirent aussitôt, comme déjà soumises à la caresse promise. Kasia haletait sous l'intensité du regard de Raif. Il eut un petit rire satisfait, qui s'imprima en elle telle une brûlure au fer rouge.

— Dis-moi que tu me veux, Kasia, et succombons ensemble.

— Oui…

La réponse avait jailli de ses lèvres avant qu'elle puisse la retenir.

— Je te veux, Raif.

Quel mal y avait-il à cela ? Ils avaient survécu à une tempête de sable. Ils étaient jeunes et pleins de vie. Peut-être appartenaient-ils à deux mondes différents. Mais là, tout de suite, elle aussi avait envie de succomber à ce désir qui l'avait tourmentée toute la nuit.

Plus tard, elle rentrerait au palais Doré. Cat et Zane devaient se faire un sang d'encre. Cela faisait plus de vingt-quatre heures qu'elle avait disparu. Plus question de s'aventurer seule dans le désert après cela. Puis, à la fin du mois, elle retournerait à Cambridge. Il y avait peu de chances qu'elle revoie Raif un jour.

Alors pourquoi ne pas profiter de l'instant présent ? Elle le désirait tellement ! Et quel meilleur professeur pour l'initier aux plaisirs de la chair que l'homme qu'elle idolâtrait ? Un homme à la réputation d'amant hors pair, dont elle avait passé une partie de la nuit à lorgner les attributs masculins ?

Il hocha la tête face à sa reddition, comme s'il n'en attendait pas moins d'elle, avant de marmonner quelque chose dans son dialecte. Pas besoin de traduction. Son regard de braise sur elle était suffisamment éloquent.

Il se leva et la tira debout. Les mains de chaque côté de

son visage, il traça de sa langue sa lèvre inférieure. Kasia lui livra passage d'instinct. Leur baiser était ferme et l'aspirait inexorablement, décuplant son excitation. Elle s'était attendue à une possessivité brutale. Au lieu de quoi, leurs langues dansaient un langoureux ballet qu'il menait par de subtiles caresses.

Mais le désir montait entre eux et leur baiser se fit plus pressant. Sa langue explorait maintenant sa bouche avec avidité, capturant ses soupirs en exigeant toujours plus. Ses mains, elles, s'étaient faufilées sous son T-shirt dans son dos. L'agrafe du soutien-gorge ne tarda pas à céder. Kasia s'agrippa à ses épaules, assaillie par un torrent de sensations comme il moulait ses seins de ses paumes, taquinant leurs pointes jusqu'à la faire gémir de plaisir.

Il releva la tête, le regard voilé.

— Je veux te voir nue, Kasia.

Ces mots firent courir un frisson brûlant sur sa peau. Le désir palpitait entre ses cuisses, de plus en plus fiévreux. Elle hocha la tête, incapable d'articuler la moindre parole cohérente. Raif la débarrassa de son T-shirt, puis de son soutien-gorge. Gênée tout à coup, elle croisa les bras sur sa poitrine.

— Non, ne te cache pas, protesta-t-il. Tu es magnifique.

Et c'est vrai qu'elle se sentait belle, en cet instant. Elle se détendit un peu et le laissa lui écarter doucement les bras. Le soleil matinal baignait son torse musclé, soulignant chaque sillon et méplat. Son érection tendait fièrement le coton de son pantalon. Elle avait hâte de la voir à l'air libre, dans toute sa glorieuse vigueur.

Mais à sa surprise, Raif s'agenouilla devant elle. Il ouvrit le bouton de son short et le fit glisser avec sa culotte le long de ses jambes, d'un geste empreint d'une délicate tendresse. Elle jeta le tout de côté d'un coup de pied, tremblante de désir. Alors il souffla sur le triangle de boucles entre ses cuisses, avant de presser le visage contre son sexe.

Mon Dieu ! Kasia se cramponna à lui comme il écartait ses plis intimes, son pouce bientôt remplacé par sa langue. Un spasme de plaisir la traversa. Son souffle saccadé emplissait le silence tandis que Raif poursuivait son exploration en la maintenant fermement en place. Ses lèvres et sa langue ne lui laissaient aucun répit, traquant la source de son plaisir pour mieux l'exploiter. Lorsque sa bouche se referma sur son clitoris, les délicieuses succions eurent bientôt raison d'elle. L'orgasme la submergea avec la violence d'un tsunami et elle s'avachit sur son épaule, perdue dans un brouillard de pure félicité.

— Encore, grogna-t-il en se relevant.

La seconde d'après, elle était étendue sur le lit, Raif penché au-dessus d'elle, bloquant le soleil. Son pantalon de coton gisait sur le sol de la tente. Kasia le dévorait des yeux, excitée par la vue de son sexe dressé, plus massif encore qu'elle ne l'avait imaginé.

— J'ai besoin d'être en toi, susurra-t-il, le souffle court.

— Oui…

Elle aussi, c'était ce qu'elle voulait. Être prise par lui et s'oublier dans la sensation.

Déjà, il nouait ses jambes autour de sa taille et ajustait sa position.

L'éclair de douleur lorsqu'il la pénétra lui arracha un cri étouffé. Son corps se raidit, luttant pour s'habituer à cette soudaine intrusion. Raif se figea dans un juron. L'ombre qui mangeait son visage masquait son expression, mais son choc était palpable.

— Tu étais vierge ? fit-il d'une voix enrouée.

— Je suis désolée. J'aurais dû te prévenir…

— Oui. Mais c'est trop tard, maintenant.

Que voulait-il dire ? Était-il en colère contre elle ? Il n'avait pourtant pas l'air furieux, seulement sonné.

Il lui caressa gentiment la joue.

— Est-ce que je te fais mal ?

Un peu. Il était si dur et l'emplissait tout entière. Mais elle n'avait pas envie de gâcher l'instant.

— Non, souffla-t-elle. Donne-moi encore du plaisir.

Raif enfouit le visage dans son cou et pressa les lèvres dans le creux sensible sous son oreille, tout en caressant et stimulant ses mamelons de son pouce jusqu'à ce qu'un flot d'agréables sensations l'inonde à nouveau.

— Dis-le-moi si tu as mal, lui enjoignit-il alors qu'il agrippait ses hanches.

Il se retira pour mieux replonger en elle. Un nouvel éclair la transperça, de plaisir cette fois. Ses va-et-vient se faisaient plus rapides, plus vigoureux, et un étourdissant raz-de-marée l'envahissait chaque fois qu'il heurtait ce point sensible tout au fond d'elle. Kasia ne savait plus si elle gémissait ou sanglotait. L'extase était encore mille fois plus intense que tout à l'heure. Elle palpitait dans chaque cellule de son corps et chaque battement de son cœur. Le plaisir lui faisait perdre pied. Alors elle se raccrocha à Raif, son phare dans la tempête. Son cri déchira le silence comme elle se désagrégeait entre ses bras, bientôt accompagné par un râle guttural au moment où il la rejoignait dans la jouissance. Sa semence se répandit au creux de sa chair, juste avant qu'il ne s'écroule de tout son poids sur elle.

6.

Bon sang, qu'avait-il fait ?

Raif s'obligea à relâcher son étreinte autour des hanches de Kasia. Son cœur cognait à tout rompre. La douce langueur dans laquelle l'avait plongé son orgasme céda la place à la honte lorsqu'il se retira enfin de la jeune femme.

Il avait joui en elle. Ce n'était pas prévu. À cette humiliation s'ajoutait une réalité bien plus grave. En prenant sa virginité, il avait lié leurs destins d'un lien que plus rien ne pouvait rompre. Pourquoi n'avait-il pas pris les précautions habituelles ? Pourquoi ne pas lui avoir posé les questions qui les auraient protégés tous les deux ?

Parce qu'il s'était laissé aveugler par ses instincts primaires, voilà pourquoi. Lorsqu'il l'avait surprise à l'épier dans l'étang, le regard voilé de désir, le besoin de la faire sienne avait pris le dessus. Peut-être même avant cela. Était-ce le contact apaisant de ses doigts durant ses cauchemars qui avait tout déclenché ? Ou l'éclat féroce de ses yeux ambrés, entre peur et bravade, quand il s'était approché de la jeep ?

Quoi qu'il en soit, le mal était fait. Contre toute attente, il n'éprouvait ni panique ni ressentiment face à l'inévitable, seulement une étrange ambivalence. Allongé sur le dos, il fixait le plafond de la tente. Les riches draperies. Les taches de soleil ici et là. Tout était exactement comme à son réveil une heure plus tôt. Pourtant, sa vie et celle de Kasia venaient d'être irrémédiablement chamboulées.

Il connaissait les risques. Il savait comment s'en prémunir. Mais avec Kasia, toute prudence l'avait déserté. Était-ce un signe ? Serait-ce une consolation de savoir que leur sort était scellé depuis le début ?

— Quelque chose ne va pas ?

La voix de Kasia le tira de ses réflexions. Elle l'observait, les mains plaquées sur ses seins nus. Et malgré le choc de ce qui venait de se passer, de toutes les répercussions que cela impliquait, une nouvelle vague de désir l'envahit. Il la dévisagea, cherchant des signes de duplicité. Avait-elle tout planifié ? Était-ce son but de piéger un prince ? La jeep en panne, le coup de feu, les soins attentionnés toute la nuit, puis la façon dont elle l'avait rejoint à l'étang… Peu probable, mais pas impossible.

À un détail près : elle ne pouvait pas avoir prévu la tempête de sable. Peut-être avait-elle simplement saisi cette chance inespérée ? La bile lui monta à la gorge. Qu'elle ait ou non manigancé pour les amener ici, la faute lui revenait tout autant. Il était seul maître de sa libido. C'était lui qui avait choisi de la séduire sans rien savoir d'elle. Lui encore qui avait perdu tout contrôle à la seconde où il avait goûté son essence entre ses cuisses. Peu importaient les motivations de Kasia. Désormais, ils n'avaient d'autre choix que d'affronter les conséquences de leur acte.

Il roula sur le côté de manière à lui faire face et glissa une mèche folle derrière son oreille.

— Je n'aurais pas dû te faire l'amour sans protection, admit-il, honteux de sa faiblesse. Je n'ai aucune excuse. Mais que tu tombes enceinte ou non n'a pas d'importance, puisque nous allons nous marier.

La jeune femme bondit comme un ressort, les yeux écarquillés.

— Pardon ?

Son choc semblait sincère. Intéressant. Soit elle était une actrice exceptionnelle, soit elle n'avait jamais comploté pour l'obliger à l'épouser. Il n'était donc pas le seul à avoir perdu la tête dans le feu de leur étreinte. C'était déjà cela. Ses joues avaient pris une délicieuse teinte pivoine. Elle était absolument adorable. Peut-être ce mariage n'aurait-il rien d'une corvée, tout compte fait.

— Tu étais vierge, Kasia, dit-il en réponse à la question dans ses yeux.

Elle semblait attendre une explication, chose étrange puisqu'elle était de Narabia. Elle devait connaître la loi maritale sacrée des cheikhs, même après plusieurs années passées hors du royaume.

— J'ai beau être un enfant illégitime, le sang royal des Nawari coule dans mes veines. C'est pourquoi nous devons nous marier.

Kasia ne semblait toujours pas comprendre.

— Je ne peux pas t'épouser, objecta-t-elle. Je te connais à peine. Et aucun risque que je tombe enceinte. Je suis au début de mon cycle.

Raif fronça les sourcils. La confusion sur les traits de la jeune femme prenait de plus en plus des airs de panique.

— Il ne s'agit pas de cela. C'est une question d'honneur, clarifia-t-il.

Sa gorge se noua à ce mot. *Honneur.* La seule chose que son père n'avait pas réussi à lui enlever. Son honneur était ce qui l'avait aidé à surmonter la solitude, la faim, la soif, et toutes les humiliations infligées au garçon d'autrefois. Son honneur lui avait sauvé la vie. Il l'avait poussé à se battre, encore et toujours, jusqu'au triomphe ultime. Raif n'avait pas seulement trouvé un peuple, il en était devenu le chef. Son honneur était tout pour lui. Il ne laisserait rien ni personne le compromettre.

— J'ai pris ta virginité, assena-t-il. Afin de préserver mon honneur, je dois faire de toi ma femme.

— Tu n'es pas sérieux…

Kasia suffoquait, au bord de l'hystérie. Raif semblait déterminé. Seigneur, pourquoi fallait-il qu'il soit aussi sexy ?

— Je suis on ne peut plus sérieux, la détrompa-t-il. Nous n'avons pas le choix.

— Ne sois pas ridicule. On a toujours le choix.

— Kasia.

Il lui caressa la joue, et une onde de désir fusa dans ses veines.

— Calme-toi. Tu hyperventiles.

Kasia recula vivement la tête. Comment avoir une conversation sensée quand il la regardait ainsi ? Elle avait bien entendu parler de la loi du mariage des cheikhs. Une loi archaïque inscrite dans de vieux parchemins poussiéreux qu'elle avait étudiés avec Cat, quelques années plus tôt. Elle et ses amies en discutaient parfois à voix basse. Comment cette loi permettait à des filles de rien comme elles de devenir reines… Mais elle ne lui avait pas traversé l'esprit une seconde quand elle avait omis de mentionner sa virginité. Elle était bien trop chavirée par les affres de la passion pour penser à quoi que ce soit. Y compris à se protéger.

Kasia se leva et renfila tant bien que mal son T-shirt. Elle mit plusieurs secondes à localiser les trous des manches tant elle tremblait. Pourquoi n'avait-elle pas réfléchi aux conséquences avant de coucher avec Raif ? Son côté autocratique était ce qui l'avait séduite. C'était excitant de s'abandonner dans les bras d'un tel homme. Mais l'excitation cédait maintenant la place à une panique grandissante.

Hors de question d'épouser un parfait inconnu. Elle devait retourner à Cambridge. Ce séjour n'était qu'un voyage d'étude préparatoire à une thèse sur les écosystèmes du désert de Narabia, pour laquelle elle cherchait un financement. L'intimité de ce qu'ils avaient partagé serait à jamais ternie par cet ordre cavalier de se plier à sa volonté. Et pour quoi ? Préserver son honneur ? Et sa volonté à *elle*, dans tout cela ? Quel droit avait-il de piétiner ses choix d'avenir pour une malheureuse omission ?

Elle s'était toujours promis de se marier par amour – si elle se mariait un jour. Elle rêvait du conte de fées unissant Cat et Zane. Jamais elle n'épouserait un homme pour une question d'honneur. Encore moins un homme qui ne voyait aucune différence entre amour et devoir.

Kasia passa son short à la va-vite, pressée d'échapper à la moiteur suffocante de la tente. Le lieu de sa perdition, où régnait une odeur de sexe lui rappelant à chaque instant sa stupidité. Elle ne pouvait s'en prendre qu'à elle-même. Faire confiance à Raif avait été une erreur, autant que succomber à ses instincts charnels. Son attitude lui rappelait sa mère, qu'elle n'avait plus revue depuis ses quatre ans.

Je ne peux plus être ta maman, Kasia. Ta grand-mère va s'occuper de toi, dorénavant.

Sa mère l'avait abandonnée car elle ne supportait plus la honte d'avoir eu un enfant hors mariage. D'être ostracisée et calomniée à cause de cela. Kasia aussi en avait payé le prix, forcée de grandir sans sa mère et surmonter le vide laissé par son absence. Tout cela en raison de coutumes injustes qui punissaient les gens pour le seul crime d'avoir aimé au mauvais endroit, au mauvais moment.

Kasia avait reboutonné son short et allait quitter la tente quand une main la retint par le coude.

— Où vas-tu ? demanda Raif.

— Prendre l'air. J'ai besoin de réfléchir. De me laver aussi.

Dieu merci, il avait renfilé son pantalon. Ce qui n'empêchait pas les braises de se raviver en elle à la vue de son torse nu. Des marques rouges striaient le tatouage sur son épaule, là où elle l'avait labouré de ses ongles au plus fort du plaisir. Bon sang, à quoi pensait-elle ? S'offrir ainsi à lui sans songer une seconde aux éventuelles conséquences ?

— Kasia, inutile de paniquer, dit Raif. Je comprends que tu aies peur. Ce n'est pas non plus le choix que j'aurais fait. Mais nos destins sont liés, désormais.

Était-ce une accusation qu'elle décelait dans sa voix ? Parce qu'elle lui avait caché sa virginité ? C'était de la folie ! Pourquoi diable devraient-ils respecter une loi vieille de plusieurs siècles, établie bien avant leur naissance ?

— J'ai besoin d'être un peu seule, balbutia-t-elle. Cela fait beaucoup à digérer.

Il hocha la tête et lâcha son coude.

— Entendu. Va te baigner. Je m'occupe de rassembler nos affaires. J'aimerais arriver au palais Doré avant la nuit pour en discuter avec ta famille.

Quoi ? La panique s'empara de Kasia.

— Ma famille ? Je n'en ai plus depuis la mort de ma grand-mère, objecta-t-elle. Peut-être que si nous n'en parlions à personne…

— Si tu n'as plus de famille, je demanderai ta main à mon frère, trancha Raif. C'est bien ton employeur, n'est-ce pas ?

Tout allait trop vite ! Kasia n'avait aucune envie d'entraîner Cat et Zane dans cette histoire. Ils prendraient son parti, bien sûr. Ils n'étaient pas des barbares comme Raif. Mais les rares fois où Zane évoquait son frère ne laissaient aucun doute quant à la fragilité de leur relation, tant fraternelle que politique. Qui sait si son inconséquence ne risquait pas de provoquer une nouvelle guerre !

Calme-toi, Kasia. Respire. Et arrête de tout voir en noir.

Elle s'obligea à réfléchir posément. Un plan commença à germer dans son esprit.

— Sommes-nous loin du palais ? questionna-t-elle, l'air de rien.

— À une journée à cheval, direction nord, répondit Raif.

Dieu merci.

— Je vois. Je me dépêche.

Elle se sentait étrangement calme, tout à coup. Raif la retint par le bras.

— Ne désespère pas, Kasia. Nous ferons en sorte que ce mariage fonctionne.

Elle acquiesça en silence. Argumenter ne servirait à rien. Du reste, elle n'avait jamais su dissimuler ses émotions. S'il devinait dans quel état d'agitation elle se trouvait en cet instant, et à quel point elle était résolue à se rebeller, elle n'échapperait à sa surveillance.

Au moment de quitter la tente, elle lança un dernier regard par-dessus son épaule. Il se tenait là, droit et fier. Confiant en son retour.

Elle se haïssait de faire cela, mais il ne lui laissait pas le choix. En chemin vers l'oasis, elle bifurqua brusquement à travers les arbres. Elle ne prit même pas le temps de seller l'étalon et sauta sur son dos en prenant appui sur la barrière de l'enclos. Cela avait beau faire cinq ans qu'elle n'était plus montée à cheval, elle avait toujours été bonne cavalière. Chevaucher à cru ne lui posait aucun problème. Sa monture s'ébroua et se cabra lorsqu'elle pressa ses flancs des talons.

Mais Kasia contracta les muscles des cuisses en se cramponnant aux rênes.

Au même instant, un cri lui parvint. Raif était sorti de la tente et se ruait vers elle, surprise et colère gravées sur ses traits. Mais trop tard. D'un bond, l'étalon avait franchi la barrière. Kasia continua à le talonner, penchée bas sur le col de l'animal tandis qu'il s'élançait vers les dunes. D'un coup sec sur les rênes, elle le dirigea vers le nord, puis le laissa libre de galoper comme bon lui semblait.

La vue brouillée par les larmes, elle ne regarda pas en arrière. Pas cette fois.

7.

— Kasia, s'il t'est arrivé quelque chose, tu peux m'en parler…

Kasia, en train de plier ses vêtements dans sa valise, suspendit son geste. Sa meilleure amie, Catherine Ali Nawari Khan, la regardait faire depuis le seuil de sa chambre, la mine inquiète. Kasia acquiesça, déterminée à garder son calme malgré la honte qui lui étreignait la poitrine depuis son retour au palais, une heure plus tôt.

Non, depuis qu'elle avait fui le campement de Raif.

— C'est juste que… J'ai besoin de rentrer à Cambridge, éluda-t-elle.

C'était lâche de sa part, mais sa décision était prise. Coucher avec Raif avait été une terrible erreur. En lui cachant sa virginité, elle les avait placés tous deux dans une situation impossible, qui pouvait avoir de graves répercussions sur leurs deux pays si Raif persistait à vouloir l'épouser. Partir était la seule solution. Et vite, avant qu'il ne débarque au palais.

Elle avait eu de la chance. Au bout d'à peine une heure de chevauchée, elle était tombée sur la colonne de jeeps envoyée à sa recherche. Au palais Doré, Cat et Zane l'attendaient, morts d'inquiétude. Mais après les embrassades et les larmes de soulagement étaient venues les questions. Que lui était-il arrivé ? Comment avait-elle survécu après l'ensablement de son véhicule ? Avait-elle besoin d'un médecin ?

Kasia avait inventé une histoire en restant délibérément vague. Un homme du désert l'avait secourue et emmenée dans son campement, puis lui avait prêté son cheval afin de lui permettre de rentrer. Mais quand Zane avait suggéré de contacter l'homme pour le remercier, elle avait compris que son mensonge ne tiendrait pas longtemps. Ne serait-ce que parce que Zane semblait déjà nourrir certains soupçons. Ses questions s'étaient multipliées. Pourquoi l'homme n'avait-il pas sellé le cheval ? Où étaient ses chaussures ? À qui devaient-ils renvoyer l'étalon, à l'évidence un animal de valeur ? Cat s'était interposée, insistant pour laisser à Kasia le temps de se remettre de ses émotions. Mais son amie s'inquiétait à son sujet, elle le savait.

Les larmes lui embuèrent les yeux et Cat se précipita pour la réconforter.

— Mon Dieu, Kasia… Je savais bien que quelque chose n'allait pas.

Elle la serra très fort dans ses bras.

— Cet homme t'a fait du mal, c'est cela ? Quoi qu'il se soit passé, ce n'est pas ta faute, affirma-t-elle avec force. Tu n'es pas obligée de partir. Nous trouverons une solution.

Kasia secoua la tête et s'essuya les yeux. Elle ne méritait pas la sollicitude de Cat. S'apitoyer sur son sort ne servait à rien. Elle devait la vérité à son amie, aussi honteuse fût-elle, tout en protégeant Raif et le royaume d'éventuelles retombées.

— Non, il ne m'a fait aucun mal, bredouilla-t-elle. Au contraire. C'est moi qui lui ai tiré dessus.

Cat fronça les sourcils, mais son soutien ne faiblit pas.

— Est-ce qu'il est…

— Bien sûr que non ! Il va bien. Ce n'était qu'une égratignure.

— Tant mieux. Ce n'est donc pas si grave, conclut Cat.

Kasia eut un rire jaune.

— Pas si grave ? J'ai pointé une arme sur lui !

— Et alors ? Il t'attaquait. Il a eu ce qu'il méritait, répliqua son amie avec pragmatisme.

— Il ne m'attaquait pas, la contredit Kasia, une boule dans la gorge. Il venait me sauver de la tempête.

— Et vous vous en êtes tous les deux sortis. C'est l'essentiel.

Cat lui serra gentiment le bras.

— Il y a autre chose, n'est-ce pas ? Quelque chose qui fait que tu te sens obligée de partir…

— J'ai couché avec lui, lâcha Kasia. Et maintenant, il insiste pour m'épouser parce que j'étais vierge.

Les mots avaient jailli de ses lèvres, réduisant Cat au silence.

— Je vois, dit-elle enfin.

Un pli soucieux lui barrait le front. Elle frotta doucement son bras, dans un geste de solidarité que Kasia n'était pas sûre de mériter.

— Tu es sûre qu'il ne t'a pas forcée ? insista son amie.

— Absolument.

Il lui avait fait une offre toute simple et elle l'avait saisie. Elle avait même sauté sur l'occasion.

— Je voulais que ça arrive, admit Kasia, rouge de honte. Nous avions dormi côte à côte. Il était blessé et faisait ces terribles cauchemars… C'était très intime. Et puis…

Son visage s'empourpra un peu plus.

— Il était incroyablement sexy. J'ai adoré faire l'amour avec lui. Il m'a donné deux orgasmes ! Je n'aurais pas pu rêver meilleure première fois. Mais après…

Elle s'assit sur le lit et enfouit le visage entre ses mains. Elle revoyait Raif, si fier et indomptable, et pourtant si confiant.

— Il était intraitable sur ce point. Pour lui, son honneur nous dictait de nous marier.

Et l'espace d'une fraction de seconde, elle avait même songé à accepter. Malgré le choc, une part d'elle avait été flattée et excitée à cette idée. Raif était son tout premier fantasme, et voilà que ses rêves de conte de fées devenaient réalité ! Elle n'avait pas tardé à descendre de son nuage quand il s'était mis à parler d'honneur et de devoir. L'épouser pour de telles raisons serait immoral. Il avait beau être à se damner et la faire jouir à répétition, ils se connaissaient à peine. C'était par pur hasard que leurs routes s'étaient croisées. Leur alchimie sexuelle était indéniable, mais ce qu'ils partageaient se limitait à cela.

La seule chose qu'il savait d'elle ne semblait guère l'intéresser. Elle avait ses propres projets d'avenir. Des projets qui avaient évolué au fil du temps. Elle n'était plus la fillette de quatre ans traumatisée par l'abandon de sa mère, ni l'adolescente fleur bleue employée au palais et rêvant d'épouser un prince. Il n'y avait pas de place dans sa vie pour un mariage arrangé avec un homme faisant passer son honneur avant les aspirations d'autrui.

— Il ne peut pas te forcer à l'épouser, assura Cat en enveloppant ses mains des siennes. S'il te traque jusqu'ici, Zane enverra ses conseillers lui expliquer la loi. Tu n'es même pas obligée de le voir si tu ne le souhaites pas. Inutile de rentrer à Cambridge juste pour éviter la confrontation.

— Je sais.

Kasia serra les mains de son amie avec gratitude. C'était le moment idéal pour lui avouer toute la vérité. À savoir que son amant d'un soir n'était autre que Raif, chef des Kholadis et demi-frère de Zane. S'il insistait pour l'épouser, c'était en raison de sa lignée et des responsabilités liées à sa position, pas d'une simple obsession pour les coutumes de Narabia.

Mais elle ne pouvait pas dire cela à Cat. Non seulement elle avait honte de son comportement, mais elle savait que Cat et Zane la soutiendraient malgré tout, ce qui placerait Zane dans une situation impossible et fragiliserait encore sa relation avec son frère.

Non, elle devait partir. Raif ne la suivrait pas au Royaume-Uni. Son départ effacerait le problème en le libérant d'une obligation dont il se serait lui-même bien passé. Que pouvaient les lois ancestrales du pays si la femme qu'il estimait avoir compromise disparaissait à des milliers de kilomètres ? Même son honneur ne l'obligerait pas à quitter son peuple pour s'aventurer dans un monde dont il ignorait tout à la recherche d'une amante de quelques heures, n'est-ce pas ?

— Je préfère rentrer au Royaume-Uni et laisser cette histoire derrière moi, persista-t-elle.

Comme si c'était possible. Le seul fait de penser à Raif ranimait le feu entre ses cuisses. Qui saurait le lui faire oublier après cela ? Bien fait pour elle. Voilà ce qui arrivait quand on offrait sa virginité à l'homme de ses rêves, qui s'en montrait plus que digne en surpassant toutes ses attentes.

— Tu en es sûre ? demanda Cat d'un air soucieux.

— Sûre et certaine. S'il me suit jusqu'ici…

Peut-être Raif ne se présenterait-il jamais au palais. Mais

sa colère lorsqu'elle avait pris la fuite rendait ce scénario peu plausible. Ne serait-ce que parce qu'il voudrait récupérer son étalon. Il ne restait que le poney à l'oasis, ce qui l'obligerait à passer par le campement des Kholadis pour changer de monture. Ce détour devrait lui laisser quelques jours de répit.

— Ce sera plus simple de lui expliquer que je ne suis plus là, soupira-t-elle. C'est lâche de ma part, je sais, mais…

— Ne dis pas cela, protesta Cat. Il n'y a pas une once de lâcheté chez toi. Je comprends tout à fait ta réaction.

Elle lui tapota le bras en signe de solidarité.

— Je m'occupe d'organiser ton trajet pour l'aéroport de Kallah. On devrait pouvoir te trouver un vol dès ce soir.

— Merci.

Kasia sourit, reconnaissante à son amie de son soutien sans faille.

— Tu crois que Zane sera d'accord ?

— Oh ! il aura des questions, bien sûr. Mais il a confiance en mon jugement, et en le tien aussi. Jamais il ne t'obligera à affronter cet homme contre ton gré.

— Merci, répéta Kasia.

— Vois le bon côté des choses. Tu as eu deux orgasmes avant qu'il ne se transforme en obsédé du mariage, conclut Cat, une lueur espiègle dans le regard.

Kasia se força à sourire.

— Et ils étaient spectaculaires.

Cat éclata de rire.

— Alors tout est bien qui finit bien.

Mais sitôt son amie partie, la poitrine de Kasia se serra. Zane avait confiance en Cat car il vénérait sa reine. Kasia enviait leur relation. C'était en partie pour cette raison qu'elle n'était jamais sérieusement sortie avec un garçon à Cambridge. Elle voulait ce que Zane et Cat avaient. Mais cela, c'était avant que ses hormones ne s'en mêlent.

Et elles n'étaient pas seules responsables de ce désastre. La base d'une relation comme celle de Cat et Zane était la confiance et l'honnêteté. À ce test, Kasia avait lamentablement échoué. Elle doutait que Zane lui conserve sa confiance lorsqu'il apprendrait la vérité. Peut-être même la haïrait-il si cette affaire entraînait un conflit politique. Qui sait si elle ne venait pas de gâcher son amitié avec le cheikh, un homme qu'elle admirait et dont le respect comptait énormément pour elle ?

Mais la personne qui la haïrait le plus était Raif, sans nul doute. Et pour une raison qu'elle ne s'expliquait pas, cette idée lui brisait le cœur.

8.

— Où est Kasia Salah ? J'exige de lui parler immédiatement !

Raif ravala le juron qui lui brûlait les lèvres. Une colère sourde bouillonnait dans ses veines depuis maintenant quatre jours. La domestique devant lui avait beau trembler de peur, elle persistait à refuser de le laisser entrer. Raif ne brutalisait pas les femmes. Mais la situation était intolérable. Cela faisait un quart d'heure qu'il était arrivé au palais et il ignorait toujours où était Kasia.

Après une courte chevauchée, suivie d'une longue marche jusqu'au campement kholadi le plus proche, il avait été contraint d'y passer la nuit afin de reprendre des forces, affaibli par une violente nausée. Alors seulement, il avait pu entreprendre le voyage de deux jours jusqu'à Zafari. Mais une douleur persistante au ventre l'avait ralenti, l'obligeant à multiplier les pauses pour récupérer. Un troisième jour de trajet lui avait été nécessaire. Comme si c'était le moment d'attraper une grippe intestinale ! Peut-être aurait-il dû attendre d'être totalement guéri avant de se mettre en route. Mais sa détermination à s'expliquer avec Kasia avait supplanté en lui tout sens pratique.

Elle avait pris la fuite. Volé son cheval. Tout cela après avoir promis de réfléchir à sa proposition de mariage. Il aurait dû s'y attendre. Personne n'était jamais aussi innocent qu'il en avait l'air. Que lui avait-il pris de lui faire confiance ?

— Je suis désolée, prince Kasim. Elle n'est pas ici.

— Alors où diable est-elle ? tonna Raif, donnant libre cours à ses foudres.

La douleur lancinante dans son ventre n'arrangeait rien.

La femme tressaillit et recula.

— Kasim, on vient tout juste de m'avertir de ton arrivée. Nous ne t'attendions pas.

Raif fit volte-face. Son frère s'avançait vers lui à grandes enjambées, flanqué de deux conseillers. Il ne manquait plus que cela. Une délégation politique qui ralentisse encore sa démarche. Leur vigoureuse poignée de main se répercuta dans ses entrailles et il prit sur lui pour ne pas grimacer de douleur.

— C'est un plaisir de te voir, comme toujours, ajouta Zane avec un sourire qui paraissait sincère.

Ce qui ne fit qu'irriter Raif davantage. Il n'était pas d'humeur à feindre une bonhomie fraternelle qu'il ne ressentait pas. Il respectait son demi-frère. Ces dix dernières années, Zane s'était révélé un excellent cheikh, force lui était de le reconnaître. Mais ils n'étaient pas proches. Si Zane était capable d'ignorer le traitement radicalement différent que lui, héritier désiré, et Raif, fils illégitime d'une prostituée, avaient reçu de leur père, ce n'était pas son cas. Zane agissait comme si leur passé n'existait pas, semblant nier délibérément toute tension entre eux.

La seule fois où il avait réussi à lui faire perdre son calme était il y a cinq ans, quand Zane était venu chez les Kholadis en compagnie de l'étudiante engagée pour écrire un livre sur le royaume. L'attirance entre Zane et Catherine Smith n'avait pas échappé à Raif, qui en avait profité pour s'amuser un peu aux dépens de son frère en flirtant ouvertement avec la jeune femme. Puis il lui avait assigné la même tente que Zane, en contradiction directe avec la requête de ce dernier qu'ils soient logés séparément. Raif avait gagné son pari. Zane était furieux, mais dans l'incapacité de réagir puisqu'il tenait à dissimuler sa liaison avec sa ravissante biographe. Dans un premier temps. À peine trois semaines plus tard, ils se mariaient et Catherine devenait sa reine.

Depuis, par souci de diplomatie, Raif faisait des efforts de civilité envers son frère. Mais là, tout de suite, sa seule priorité était de parler à Kasia, comprendre pourquoi elle s'était enfuie et lui marteler la réalité de leur situation. Il n'avait ni le temps ni la patience d'échanger des politesses avec Zane.

Si seulement cette fichue douleur au ventre voulait bien disparaître !

— Viens, Kasim. Allons bavarder autour d'un café.

Zane lui saisit le bras pour l'entraîner dans la direction opposée, sans doute déconcerté de l'avoir trouvé au quartier des femmes en premier lieu.

Raif se laissa faire.

— Pourquoi pas, dit-il en dissimulant au mieux son exaspération.

Il transpirait et avait mal à la tête après son éreintante chevauchée. Sans oublier son ventre qui le mettait au supplice. Mais il devait d'abord faire plaisir à son frère avant de revenir s'enquérir de Kasia. Pas question pour autant de lui expliquer sa situation. Ne jamais trahir la moindre faiblesse, telle était sa devise. Encore moins devant l'homme dont son père avait jugé qu'il comptait plus que la vie de Raif.

La façon dont le cheikh l'avait traité n'était pas la faute de Zane, bien sûr. L'un comme l'autre n'avaient été que de vulgaires pions entre les mains de Tariq, juste bons à servir ses intrigues politiques. Malgré cela, il restait gouverné par un farouche instinct de compétition vis-à-vis de Zane, comme s'il avait besoin d'être plus fort et plus intelligent que lui pour prouver sa valeur.

La sueur ruisselait dans son dos sous sa dishdasha. Fatigue et frustration lui embrumaient l'esprit. L'élancement dans son ventre, concentré du côté droit, devenait si intense que Raif peinait à marcher. Alors qu'ils atteignaient les opulentes portes d'argent menant aux appartements privés du cheikh, une violente crise le plia en deux, et son grognement de douleur se répercuta contre les murs du couloir.

— Kasim ? Quelque chose ne va pas ?

La voix de son frère lui parvenait à travers un épais brouillard. Il lui semblait qu'un feu liquide se répandait à travers son corps.

Redresse-toi, bon sang !

Rien à faire. Ses jambes ne lui obéissaient et plus et se

dérobèrent sous lui. Zane se précipita pour le retenir en passant un bras autour de son torse. Mais trop tard. Déjà, les ténèbres l'engloutissaient.

— Malik, va chercher le médecin pour le prince Kasim. Maintenant.

— Mon nom est Raif, pas Kasim, le corrigea Raif dans un souffle torturé, avant de perdre connaissance.

Raif cligna des yeux pour se découvrir entouré de riches draperies. Un doux parfum de jasmin flottait autour de lui.

Mon ange… Où est mon ange ?

Une intense sensation de déjà-vu le submergea. Mais lorsqu'il tourna la tête, c'est une femme d'âge mûr en blouse blanche qu'il trouva assise à son chevet. Celle-ci se leva et se pencha pour vérifier sa température ainsi que ses constantes vitales. Un gouffre de déception s'ouvrit dans la poitrine de Raif.

Elle n'est pas là. Pas cette fois. Elle s'est enfuie le plus loin possible de toi.

— Où suis-je ? s'enquit-il en anglais, la gorge sèche.

— Vous êtes dans les appartements privés de Sa Divine Majesté, répondit le médecin. Infirmier, allez prévenir le cheikh que le prince Kasim a repris conscience.

Un jeune homme assis au pied du lit se précipita aussitôt vers la porte.

Ce n'est pas vrai ! Il s'était évanoui comme un idiot devant son frère ! Une honte cuisante l'envahit. Il tenta de bouger, de se redresser, et serra les dents. Une douleur sourde l'élançait au niveau du ventre. Lorsqu'il remua le bras, il sentit le pincement de la perfusion enfoncée dans sa peau.

Bon sang, il devait à tout prix sortir de ce lit ! Il était étendu là, nu et vulnérable. Pire qu'un invalide. Mais le médecin appuya d'une main ferme sur son sternum, et la facilité avec laquelle elle l'obligea à se rallonger exacerba son humiliation. Pathétique. Il n'avait pas plus de forces qu'un nouveau-né !

— Vous ne devez pas bouger, prince Kasim.

La note de pitié dans sa voix n'arrangeait rien.

— Vous faisiez une infection. Nous avons dû vous opérer.

L'opérer ? Une infection ? Pour la première fois, il remarqua les étoiles scintillant à travers les élégantes arabesques en bois du panneau de fenêtre. N'était-il pas arrivé au palais dans l'après-midi ? Comment pouvait-il faire déjà nuit ? Était-il resté plusieurs heures inconscient ?

— Depuis combien de temps suis-je ici ? articula-t-il péniblement.

— Deux semaines, Votre Altesse.

Deux semaines ! Honte et consternation le submergèrent. Il était alité dans cet état, impuissant, totalement dépendant de la charité de son frère, depuis deux longues semaines…

— Raif, tu es enfin réveillé.

Zane fit son entrée dans la chambre, irradiant santé et vitalité. À croire qu'il le narguait. Mais pourquoi l'avait-il appelé par son nom kholadi ? Raif fronça les sourcils, décontenancé. Cette intimité nouvelle le perturbait autant, sinon plus, que le fait d'être resté quinze jours à la merci de son frère.

— Comment va-t-il ? demanda Zane au médecin.

S'ensuivit un compte rendu médical détaillé par lequel Raif apprit qu'il avait été opéré d'une appendicite aiguë compliquée d'une péritonite qui avait failli lui coûter la vie. Tout danger était écarté désormais, et la guérison totale, conclut le docteur.

Sa guérison était peut-être totale, mais jamais il ne s'était senti aussi diminué. Et cela n'avait rien à voir avec la sensation de tiraillement dans son ventre. Comment avait-il pu tomber aussi bas ? Risquer sa vie pour une femme qui ne voulait pas de lui ? Qui n'avait aucun respect pour leur honneur à tous les deux ? Et pourquoi la désirait-il toujours ?

Une flamme galvanisante prit vie dans sa poitrine. Il était épuisé et sans forces, mais cela ne durerait pas. Lorsqu'il irait mieux, il retrouverait Kasia Salah. Oh ! oui ! Et il lui ferait payer ce à quoi il en était réduit à cause d'elle.

Après avoir réitéré ses conseils de rester allongé et se concentrer sur sa rémission, le médecin quitta la chambre, laissant Raif seul avec son frère. Zane s'assit sur la chaise vacante et se pencha vers lui. Son regard, franc et direct, n'autorisait aucun faux-fuyant.

— Pourquoi ne m'as-tu jamais dit que tu préférais le nom de Raif ?

Il marqua une pause, les yeux plissés.

— Et pourquoi diable as-tu chevauché jusqu'ici dans ton état ?

9.

Ma chère Kaz,

J'espère que cette lettre te trouvera en forme, remise de ta nuit torride avec le mystérieux inconnu du désert. Sache que personne n'est venu au palais demander ta main. Je compte donc sur toi pour nous rendre visite très bientôt.

Pourquoi ne nous donnes-tu plus aucune nouvelle ? Non, tes six petits textos en quatre semaines ne comptent pas, au cas où tu penserais le contraire.

Ici, tout va bien.

Zane a offert à Kaliah son propre poney et lui apprend à monter. Pour ma part, je trouve que c'est un peu tôt. Elle n'a que cinq ans. Mais bien sûr, mon avis a été ignoré, par l'un comme par l'autre. Sur l'insistance de Kaliah, je joins quelques photos d'elle sur son cheval « pour tata Kaz ».

William, de son côté, continue d'être une vraie terreur. À bientôt deux ans, il ne fait toujours pas ses nuits ! Zane prétend qu'il va durcir le ton avec son fils, mais tu le connais… Sa Divine Majesté se laisse mener par le bout du nez par ses enfants. Et hélas pour nous, ils le savent très bien.

Il y a environ un mois, nous avons reçu la visite surprise du prince Kasim. Il est venu à l'improviste, sans sa garde d'honneur habituelle. À peine arrivé, il s'est évanoui et nous avons dû le remettre sur pied. Il est reparti la semaine dernière.

Kasim a dû être opéré en urgence d'une crise

d'appendicite aiguë. Lorsqu'il est enfin revenu à lui, il a obstinément refusé de nous donner la raison de sa visite, ou de nous expliquer pourquoi il avait chevauché trois jours entiers dans un tel état. Je lui ai dit en plaisantant qu'il prenait son rôle de bad boy un peu trop à cœur. Cela ne l'a pas fait rire. Peut-être a-t-il perdu son sens de l'humour en même temps que son appendice ? Tout prince du désert qu'il soit, il s'est révélé le pire patient possible ! Qui l'aurait cru ?

Le médecin a également remarqué une cicatrice récente sur son bras, sans doute causée par une balle. J'ai tout de suite pensé à ton énigmatique sauveur. Mais il ne peut pas s'agir du prince Kasim, ou Raif, comme l'appelle maintenant Zane sans aucune raison apparente. Tu n'aurais pas caché à ta meilleure amie le scoop le plus juteux du millénaire, n'est-ce pas ?

Appelle-moi à l'occasion, histoire de me donner signe de vie.

Tu me manques.

Bises,

C.
Xox

Kasia relut pour la énième fois la lettre arrivée le matin même. Des larmes tombèrent sur la photo que Cat avait envoyée de sa fille Kaliah, à califourchon sur son poney, son large sourire dévoilant sa dent manquante. Vivement, elle s'essuya les yeux et remit la lettre dans l'enveloppe, puis accrocha le cliché de la fillette sur le panneau de liège au mur.

Raif avait été gravement malade pendant trois semaines à cause d'elle. Il venait tout juste de se rétablir. Comment pourrait-elle se le pardonner ? La culpabilité lui retourna l'estomac, accentuant encore la fatigue qui pesait sur ses épaules depuis une semaine.

Kasia rangea la lettre dans le tiroir de son bureau et en sortit la boîte achetée la veille à la pharmacie. Il était temps de prendre son courage à deux mains. Le courrier de Cat et la nouvelle de l'opération de Raif étaient un signe. Elle devait assumer la responsabilité de ses actes. Ses récents troubles étaient sûrement psychosomatiques. Raif avait beau ne pas s'être retiré quand ils avaient fait l'amour, elle était alors en début de cycle. Ses règles n'avaient que deux jours de retard. Rien d'inhabituel chez elle.

Oui, ses supposés symptômes – nausée légère, poitrine sensible, émotions en dents de scie, sensation d'épuisement – n'étaient que le contrecoup psychologique de son aventure dans le désert, elle en était convaincue.

Chaque nuit, elle rêvait de Raif. De leur étreinte torride, des caresses sensuelles de sa langue qui l'avaient menée tout droit à l'orgasme, rêves dont elle se réveillait invariablement en sueur, consumée de désir. Elle revivait le reste aussi. Leur chevauchée silencieuse à travers le désert. Ses plaintes déchirantes dans son sommeil. Le choc sur son visage quand elle s'était enfuie sur son cheval.

Quelque chose s'était passé dans cette oasis, qui allait au-delà du sexe et avait chamboulé sa vie. Et elle ne pourrait tourner la page qu'une fois absolument sûre de ne pas porter l'enfant de Raif Kasim Ali Kholadi Khan.

Une boule lui nouait la gorge dans la salle de bains, où elle avait déballé le test. Et plus encore lorsqu'elle se lava les mains après avoir suivi les instructions. Elle s'assit sur la lunette des toilettes et régla l'alarme de son téléphone. La notice indiquait deux minutes d'attente avant que le résultat ne s'affiche. Ces deux minutes s'annonçaient les plus longues de sa vie.

Mille questions se bousculaient dans sa tête. Pourquoi n'avait-elle pas effectué le test immédiatement après l'avoir acheté ? Était-ce parce qu'elle redoutait la confirmation d'une grossesse ? Ou craignait-elle au contraire qu'il ne dissipe une bonne fois pour toutes la possibilité ? Cette idée la troubla. Pourquoi voudrait-elle tomber enceinte d'un homme qu'elle connaissait à peine ? Un homme dépourvu de toutes les qualités dont elle avait toujours rêvé chez son futur partenaire ? Se sentait-elle donc seule et désespérée au point de vouloir à tout prix un enfant, quelles que soient les circonstances de sa conception ?

Non. Le mélange d'angoisse et d'anticipation qui lui nouait

les entrailles dépassait son simple désir de devenir mère un jour. Ce qu'elle ressentait en cet instant était intimement lié à Raif. Aux heures intenses qu'ils avaient vécues ensemble et qu'elle ne cessait de revivre depuis.

Le vibreur de son téléphone la fit tressaillir. Mais lorsqu'elle regarda son portable, elle constata que les deux minutes n'étaient pas encore écoulées. Sur l'écran, un message s'affichait de l'équipe administrative de l'université Devereaux. Étrange.

Mademoiselle Salah,

Une requête nous a été adressée, insistant sur votre présence à une réception donnée ce soir à Londres à 20 heures.

L'invité d'honneur, un homme d'affaires et milliardaire natif de votre pays, envisage de financer un programme boursier au sein de l'université Devereaux. Nous vous saurions gré de bien vouloir accepter son invitation afin de discuter avec lui de vos recherches en cours. En effet, nous avons bon espoir qu'un tel programme contribue grandement à financer votre thèse.

Une voiture sera mise à votre disposition pour vous conduire à Londres.

Cordialement,

Alice Evershot
Coordinatrice du département des bourses

Une réception à Londres ! Comme si elle avait besoin de cela aujourd'hui... Mais elle n'avait pas le choix. Elle devait y aller et faire bonne impression. Pas question de laisser filer cette chance d'obtenir un financement pour ses recherches.

Ce message d'Alice Evershot avait réussi à lui faire oublier Raif l'espace d'une dizaine de secondes. Un véritable exploit !

De nouveau, le vibreur de son portable la fit sursauter. Pas d'erreur, cette fois. Les deux minutes étaient bien écoulées. Elle saisit le bâtonnet sur le rebord du lavabo, prête à affronter ce que lui réservait l'avenir.

Inspirant profondément, elle lut le résultat.

10.

Kasia relisait une dernière fois ses notes quand la voiture avec chauffeur s'engagea dans la cour privée d'un luxueux hôtel. Elle fourra les quelques pages froissées dans sa pochette de soirée et déchiffra la plaque d'argent sur la façade Art déco de l'édifice.

Un portier en uniforme lui ouvrit la porte avec cérémonie, puis un second employé l'escorta à travers le hall de style edwardien, majestueux avec son sol en marbre et son mobilier ancien feuilleté d'or. Le faste, Kasia connaissait. Elle avait vécu toute sa vie au palais Doré avant de venir s'installer au Royaume-Uni. Néanmoins, la splendeur des lieux lui coupa le souffle.

Moins, cependant, que le résultat du test de grossesse quelques heures plus tôt. Elle posa une main sur son ventre. C'était officiel : elle portait l'enfant du prince Raif. Sa gorge se noua. Tant de défis l'attendaient dans les mois à venir, la plupart en apparence insurmontables. Elle n'avait plus le choix. Elle devait avouer à Cat et Zane l'identité de son mystérieux amant du désert. Le plus délicat serait sans doute d'annoncer à Raif lui-même qu'elle était enceinte. Il allait devenir père. Il avait le droit de savoir.

Mais les raisons pour lesquelles elle l'avait fui un mois plus tôt tenaient toujours. Cette grossesse rendait la situation d'autant plus épineuse. Raif semblait avoir renoncé à l'épouser durant sa convalescence. Mais en apprenant qu'elle attendait son enfant, il risquait bien de revenir à la charge. Cat et Zane persisteraient-ils à la défendre ? Zane, en particulier, se retrouverait pris entre deux feux. Après tout, lui aussi avait insisté pour épouser Cat quand celle-ci était tombée enceinte de lui. Et Raif était son frère. Quel camp choisirait-il ? Le sien ou celui de son sang ?

Kasia se sentait totalement dépassée depuis que le signe plus s'était affiché sur le bâtonnet. Mais, malgré ses doutes et ses questionnements, une chose était sûre : elle voulait ce bébé. L'enfant de Raif. Elle le voulait plus que tout au monde, quel que soit l'impact sur sa carrière universitaire.

Elle relégua ces pensées dans un coin de son esprit comme elle entrait dans une somptueuse salle de bal.

Au moins, elle avait le temps de réfléchir aux options s'offrant à elle. Une fois Cat au courant, son amie l'aiderait à analyser la situation et trouver la meilleure façon d'annoncer la nouvelle à Raif. Une chance qu'il vive à des milliers de kilomètres. La distance lui épargnait de devoir prendre une quelconque décision avant d'être prête.

Dans l'immédiat, elle pouvait se complaire dans le bonheur de sa maternité prochaine. Devenir mère avait toujours été son rêve. Certes, ce n'était pas vraiment ainsi qu'elle avait envisagé les choses. Mais le choc initial passé, elle se réjouissait de cette grossesse. Restait à éviter de déclencher une guerre dans la péninsule narabienne. Elle avait beau être une femme positive et indépendante, capable de s'adapter au changement, cela faisait tout de même beaucoup à digérer.

Tout en se mêlant à la foule élégamment vêtue – les hommes en smoking, les femmes en robe de soirée —, Kasia cherchait des yeux le représentant de l'université Devereaux censé la présenter à leur donateur potentiel. C'est donc d'un pas plus ou moins assuré qu'elle déambulait à travers la salle. Sa robe de soie rouge dénichée dans une boutique de seconde main la mettait particulièrement en valeur, complétée par une paire de talons hauts empruntés à une camarade. Quant à ses cheveux, elle avait passé une heure à les dompter à l'aide d'un fer à friser. Elle avait fière allure et le savait.

Ce qui n'empêchait pas son cœur de battre à cent à l'heure. Dans sa tête, elle récita pour la énième fois son discours préparé avec soin. Il était crucial qu'elle impressionne le généreux milliardaire qui l'avait invitée. Obtenir un financement pour sa thèse était plus important que jamais, désormais. Pour son avenir et celui du bébé.

Une série de portes-fenêtres offraient une vue spectaculaire sur la Tamise au crépuscule. Big Ben et le Parlement découpaient sur le ciel leurs silhouettes illuminées, tandis que le London Eye soulignait dans un contraste saisissant la splendeur géorgienne du vieux County Hall sur l'autre rive. Dans la salle, le tintement des verres et le bourdonnement des conversations couvraient le subtil concerto de Brahms interprété par un quatuor à cordes. Des serveurs passaient discrètement entre les invités avec leurs plateaux de canapés et de champagne millésimé. Le décor était absolument époustouflant. Tant de glamour à un gala de mécénat universitaire… Qui l'aurait cru ?

— Mademoiselle Salah, vous êtes venue.

L'un des assistants d'Alice Evershot se matérialisa soudain à ses côtés.

— Ah, oui, je…

— Suivez-moi, l'interrompit-il sans lui laisser le temps d'énoncer les politesses de rigueur. M. Khan est impatient de vous rencontrer. Je ne voudrais pas le faire attendre.

Il l'entraîna à travers la foule et Kasia dut accélérer le pas pour ne pas le perdre de vue. Alors qu'ils sortaient sur le balcon, son cœur s'affola. La silhouette d'un homme se découpait devant le Parlement, grande et athlétique, épousée par un smoking d'une coupe irréprochable. Était-ce lui, le mystérieux donateur ? Elle s'attendait à quelqu'un de plus âgé. Même de dos, l'homme semblait jeune, en excellente condition physique…

Et étrangement familier.

Raif ? Bien sûr que non ! As-tu perdu la tête ?

Sa peau se hérissa de chair de poule. *Bizarre.* Il faisait bon en cette soirée de fin d'été, qu'aucune brise ne venait rafraîchir.

L'assistant s'éclaircit la gorge.

— Monsieur Khan, voici Mlle Salah.

La musique, les rires, se noyèrent dans le bruit de la circulation et le tonnerre de son propre cœur comme elle s'avançait vers l'homme. Seigneur, même sa contenance lui rappelait Raif. Fière. Arrogante. La lumière de la réception parait de reflets bleutés ses cheveux noirs coupés très court. Il semblait tendu et ne s'était toujours pas retourné. N'avait-il pas entendu l'assistant annoncer son arrivée ? Ou était-il irrité qu'elle l'ait fait attendre ? Cela commençait bien…

Kasia déglutit, troublée par l'atmosphère irréelle régnant autour d'eux.

— Monsieur Khan, je vous prie de m'excuser pour mon retard…

L'homme se retourna enfin et la lumière de la salle éclaira son visage. Deux yeux d'un brun profond la transpercèrent telle une flèche.

Kasia chancela, sous le choc. Impossible. Ce ne pouvait pas être lui. Mais l'onde brûlante qui déferlait déjà dans tout son être ne laissait aucun doute. D'instinct, elle posa une main sur son ventre tandis qu'il la dévorait des yeux, sûr de lui, comme si elle lui appartenait. Son regard d'ébène luisait de colère et de désir mêlés.

Le souffle de Kasia se suspendit. Ses seins se sentaient soudain à l'étroit dans le bustier de satin, que perçaient ses tétons durcis.

— Raif ?

Son nom s'était formé sur ses lèvres, mais son esprit refusait toujours d'y croire. L'assistant entreprit de faire les présentations. Kasia n'écoutait que d'une oreille. Raif aussi, semblait-il, le regard rivé sur son visage en feu.

Il n'est pas réel. Il ne peut pas être là. C'est juste le fruit de mon imagination.

Comment le prince du désert pouvait-il se tenir devant elle, plus séduisant que jamais dans une chemise blanche immaculée faisant ressortir son teint bronzé, parfaitement à l'aise à cette réception mondaine parmi l'élite de la société londonienne ?

Un demi-sourire joua sur ses lèvres, à la fois sensuel et sarcastique.

— Bonsoir, Kasia.

Sa voix rauque à l'accent si sexy caressa ses sens, et tous

les souvenirs qu'elle avait résolument enfouis au fond de son esprit déferlèrent dans un torrent que rien ne pouvait arrêter.

L'assistant s'interrompit à mi-phrase. La confusion se lisait sur ses traits.

— Monsieur Khan, j'ignorais que vous connaissiez Mlle Salah…

Que fais-tu ici ?

Kasia partageait la stupeur de l'assistant. Elle n'en croyait toujours pas ses yeux. C'était bien Raif qui lui faisait face, chef des Kholadis, irradiant puissance et autorité. Le Raif qu'elle connaissait, et pourtant différent, aussi à l'aise dans son smoking de créateur que sur le dos de son pur-sang arabe.

— Nous nous sommes déjà rencontrés, confirma-t-il vaguement. J'aimerais parler à Mlle Salah en privé, si cela ne la dérange pas.

Il ponctua ses mots d'un regard la défiant de décliner. Comment le pourrait-elle ? Il avait failli mourir par sa faute et était le père de son enfant.

— C'est d'accord, murmura-t-elle malgré le magma en fusion qui bouillonnait entre ses reins.

Si elle en doutait, elle en avait maintenant la confirmation : elle le désirait toujours.

L'assistant, conscient d'être de trop, s'éclipsa en refermant la porte du balcon derrière lui.

— Que fais-tu ici ? demanda-t-elle enfin.

— Tu le sais très bien, répondit-il en s'approchant. Je mérite une explication et je ne partirai pas d'ici avant de l'avoir obtenue.

Son odeur virile, mélange de musc et de pin, lui tournait la tête. Derrière elle, des voix interrompirent leur tête-à-tête. Un couple venait d'entrer sur le balcon. Raif jura entre ses dents, visiblement contrarié par cette intrusion.

— On se croirait dans un hall de gare, maugréa-t-il. Allons dans ma suite, tu veux bien ?

Kasia savait qu'elle devait refuser. Le suivre dans sa suite risquait d'endommager sa réputation. Mais son corps faisait la sourde oreille. Le besoin d'être avec lui était le plus fort, surtout quand elle l'imaginait mourant à Narabia.

Elle acquiesça d'un signe de tête.

— Bien, dit-il en saisissant sa main, avant d'ouvrir la porte du balcon.

C'est tout juste s'il ne la traînait pas derrière lui tandis qu'il fendait la foule à grandes enjambées. Kasia devait trottiner pour réussir à le suivre. Le jeune assistant réapparut soudain devant eux, bloquant le passage vers la sortie.

— Monsieur Khan, mademoiselle Salah, comment se déroule la discussion ? s'enquit-il avidement.

— Très bien, répondit Raif avec impatience. J'envisage sérieusement de financer votre projet de bourses.

Cette réponse déconcerta Kasia. Raif était donc bien leur donateur potentiel ? Mais pourquoi ? Les Kholadis étaient une tribu nomade dépourvue de richesses. Leurs coutumes et leur mode de vie reposaient sur le troc, par sur l'argent. Du moins était-ce ce qu'elle avait toujours cru.

— C'est une excellente nouvelle, se réjouit l'assistant. Que diriez-vous de célébrer cela avec un verre ?

Raif se raidit, sa frustration palpable. Au prix d'un effort qu'elle ne devinait que trop bien, il s'abstint d'envoyer paître le jeune homme pour se tourner vers elle.

— Qu'en dites-vous, mademoiselle Salah ? Désirez-vous boire quelque chose ?

La décision lui revenait. Exactement comme ce jour-là dans le désert. Celle qu'elle avait prise alors l'avait menée tout droit à sa situation actuelle. Malgré sa colère et sa déception, Raif lui donnait à nouveau le choix. Celui d'éviter ses questions ou d'affronter l'inévitable face-à-face qu'elle avait préféré fuir jusque-là.

Rassemblant son courage, elle sourit à l'assistant.

— C'est gentil, Devon. Mais M. Khan et moi-même souhaitons discuter plus en détail de sa proposition de financement.

Le visage de Devon s'illumina.

— Dans ce cas, je ne vous retiens pas plus longtemps, dit-il en s'écartant. Je vais de ce pas annoncer la bonne nouvelle à Mme Evershot.

Mais Alice Evershot et le projet de bourses étaient la dernière chose dont se souciait Kasia tandis que Raif l'entraînait d'un pas vif hors de la salle de bal. Elle le suivit dans le majestueux escalier menant à l'étage supérieur. Deux gardes du corps entouraient une porte munie d'une plaque indiquant « Suite royale » en lettres d'or. Raif l'ouvrit sans cérémonie et Kasia écarquilla les yeux.

Le luxueux salon, dominé par des soieries couleur ivoire et un mobilier en acajou, était véritablement digne d'un prince. La vue panoramique sur la Tamise depuis la terrasse était encore plus époustouflante que celle visible du balcon inférieur. Mais ni l'une ni l'autre n'arrivaient à la cheville du spectacle qu'offrait Raif lui-même.

Un frisson la parcourut comme il ôtait son nœud papillon et se débarrassait de sa veste, qu'il jeta avec nonchalance sur le dossier du canapé. Il déboutonna ensuite le col de sa chemise, laissant entrevoir le serpent enroulé sur sa clavicule, vibrant rappel de la nuit qu'ils avaient passée ensemble. Et de ce qui avait suivi.

Il avait failli mourir.

La pourchasser aurait pu lui coûter la vie. Rien d'étonnant à ce qu'il exige des réponses. Et il ignorait encore la bombe qui l'attendait.

Elle recula d'instinct en le voyant marcher droit sur elle.

— Je suis désolée, bredouilla-t-elle aussitôt.

— De quoi ?

— Cat m'a raconté ce qui t'est arrivé. C'est ma faute. Je n'aurais jamais dû m'enfuir comme je l'ai fait…

— Stop.

Il pressa une main sur sa bouche et la plaqua contre le mur, un bras autour de sa taille. Sur son visage ne se lisait aucune colère, seulement la même fièvre qui lui nouait le ventre.

Lentement, il retira sa main.

— Ce n'est pas ta faute.

Leurs fronts se touchaient, les doigts de Raif crispés sur sa robe. L'écho de son désir se répercutait à travers tout son être.

— Je n'aurais pas dû chevaucher trois jours entiers dans mon état, chuchota-t-il contre son oreille.

Trois jours ? Il avait à ce point risqué sa santé juste pour la retrouver ? C'était totalement inconscient ! Alors pourquoi ne pouvait-elle s'empêcher de trouver cela romantique ? Peut-être parce qu'aucun homme ne s'était jamais assez intéressé à elle pour agir de la sorte ?

Les lèvres de Raif se refermèrent sur son lobe d'oreille. Spontanément, elle s'arqua contre lui, cherchant le contact. Sa chair frémissait au souvenir du plaisir gravé en elle. Un gémissement lui échappa.

— C'était une folie et j'en ai payé le prix. Je ne suis pas là pour entendre des excuses, murmura-t-il en enfouissant le visage dans son cou.

Son souffle chaud envoyait mille frissons le long de son échine. Ses larges mains erraient sur ses hanches, et la soie de sa robe lui faisait l'effet de papier de verre contre sa peau hypersensible. Elle entoura son visage de ses mains et lui releva la tête. Son regard torturé reflétait mieux qu'un miroir ce qu'elle-même ressentait.

— Alors pourquoi es-tu là, Raif ? demanda-t-elle, partagée entre espoir et anxiété.

— C'est évident, non ? Parce que je te désire toujours.

Raif n'avait pas prévu de dire cela. Mais c'était la stricte vérité. Après avoir enfin convaincu son frère, sa femme et leur médecin qu'il était suffisamment remis pour regagner son campement, il avait passé la semaine à rattraper son retard dans ses affaires, tout en planifiant ce face-à-face.

L'idée était simple : attirer la jeune femme à Londres sous le prétexte de financer ses recherches afin de contrôler leur rencontre. Le choix d'un lieu public l'obligeait à garder son sang-froid. Il était bien placé pour savoir qu'avec Kasia Salah, sa capacité à rester rationnel tendait à le déserter. Pourquoi l'avoir séduite dans le désert ? Pire, il avait aussi tenté de l'obliger à l'épouser. Une réaction instinctive qu'il avait regrettée par la suite, durant sa longue semaine chez son frère, seul avec ses pensées. Pourquoi avoir mis en péril sa santé et sa dignité en la poursuivant tel un maniaque jusqu'au palais Doré ?

Mais à la seconde où il l'avait revue, sa soif de vengeance s'était dissoute en une émotion bien plus volatile.

Elle était déjà sublime en short et T-shirt fripés. Dans

une robe de soie rouge qui épousait sa silhouette, accentuant son généreux décolleté tout en soulignant ses courbes, elle devenait irrésistible. Il avait suffi que ses yeux ambrés croisent les siens pour déclencher en lui une réaction en chaîne. Il brûlait de la faire sienne à nouveau. De promener sa langue dans son cou jusqu'à l'entendre gémir. Ses mains le démangeaient de retirer les épingles dans ses cheveux et sentir le vibrant amas de boucles cascader entre ses doigts. Le désir qui bouillonnait dans ses veines frôlait l'insoutenable.

Plus troublante encore était cette impulsion qui l'avait saisi devant son regard empli de remords. Un besoin de la réconforter. De la protéger en la serrant contre lui, d'assumer toute la responsabilité de leur situation, même si la faute lui en revenait plus qu'à lui.

Son aveu semblait l'avoir prise de court, mais le désir voilant ses prunelles était tout ce qu'il avait besoin de savoir. Pourquoi compliquer les choses ? S'il avait organisé cette rencontre, c'était pour terminer ce qu'ils avaient commencé. Depuis le début, il ne s'agissait que de sexe. La virginité de Kasia et ses propres soucis de santé avaient momentanément obscurci son jugement. Mais il était là ce soir, à Londres, parfaitement rétabli. Pourquoi obéir à un rituel ancestral dépourvu de sens si loin de leur terre natale ?

Il avait voulu faire ce qui était juste envers elle, dans le respect des traditions. Lui témoigner le respect qu'elle méritait après ce qu'il avait appris au sujet de sa mère, quelques années plus tôt. Sauf que leur situation était différente de ce qui était arrivé à celle qui était morte en lui donnant la vie. Une femme qu'il avait depuis longtemps bannie de son esprit, jusqu'à ce que Zane l'encourage à lire le journal intime de leur père.

C'était ce maudit journal qui avait conduit à sa réaction excessive vis-à-vis de la virginité de Kasia. Il aurait préféré ne jamais le lire. En quoi les circonstances de sa naissance avaient-elles quoi que ce soit à voir avec l'homme qu'il était devenu ? Il n'avait jamais connu cette fille dont son père avait profité, sans reconnaître l'enfant qu'elle avait eu de lui. La vérité contenue dans ses pages l'avait remué au point d'altérer son identité. Sans quoi, jamais il n'aurait fait cette stupide déclaration à propos de son honneur. Certes, il n'était pas insensible au fait d'avoir défloré la jeune femme. Mais ils se trouvaient à l'autre bout du monde, loin de leur culture et de leurs traditions. La loi maritale des cheikhs ne s'appliquait pas à Londres. Kasia Salah avait choisi de quitter Narabia cinq ans plus tôt. Lui comme elle savaient comment les choses fonctionnaient dans ce monde. Pourquoi la traiterait-il différemment des autres femmes qu'il désirait ? Surtout quand elle se présentait à lui dans une robe aussi provocante ?

Elle n'était plus vierge. Et ils n'étaient plus dans le désert.

Il s'approcha encore afin de lui faire éprouver l'effet qu'elle avait sur lui.

— Je n'ai qu'une seule question, Kasia. Me désires-tu toujours ? Si non, tu es libre de partir. Je te promets d'en rester là.

Cette promesse lui en coûterait, mais il la tiendrait. Il n'était pas le barbare qu'elle voyait en lui. Et il s'était déjà suffisamment rabaissé pour elle, en traversant non seulement un désert, mais aussi un continent. Depuis un mois, elle ne quittait plus ses pensées. Elle avait plongé sa vie dans le chaos, mais il n'avait pas *besoin* de Kasia. Il la désirait, rien de plus.

— Réponds-moi, insista-t-il. As-tu envie de moi ?

Kasia lui faisait face, la respiration hachée. La vérité, il la connaissait déjà. Ses yeux répondaient à sa place.

— Oui, murmura-t-elle d'une voix très basse, mais sûre d'elle.

Il ne lui en fallait pas plus. D'un mouvement leste, il la souleva de terre et l'emporta dans sa chambre. Le halo des réverbères au dehors projetait leur reflet vacillant sur sa peau mate. L'effet était si sexy qu'il n'alluma pas la lumière. Il la débarrassa de sa robe dans la pénombre avant de se déshabiller à son tour. Les yeux de la jeune femme suivaient avidement ses gestes tandis qu'il déroulait le préservatif sur son sexe dressé. La voir le regarder ainsi était incroyablement excitant.

Oui, il la referait sienne ce soir, puis trouverait un moyen de la garder à ses côtés aussi longtemps qu'il lui faudrait pour étancher cette inexplicable soif d'elle. Après quoi, chacun reprendrait sa vie de son côté, et personne n'exercerait plus jamais une telle emprise sur lui. Il s'en faisait le serment.

Mais pour l'heure, l'invitation de ses seins nus était trop tentante pour être ignorée. L'un après l'autre, il aspira les tétons durcis et les suça avec gourmandise, tout en préparant Kasia à sa possession imminente. La jeune femme cambrait les reins et se pressait en gémissant contre sa main. Sa moiteur brûlante autour de ses doigts tandis qu'il stimulait son clitoris menaçait déjà de lui faire perdre tout contrôle. Sans plus attendre, il ajusta la position de ses hanches et la pénétra d'un seul puissant coup de reins. Les muscles de la jeune femme se contractèrent autour de lui dans un orgasme spontané. Il se mit à bouger en elle, impatient de la faire jouir à nouveau et se tortiller de plaisir entre ses bras.

Il n'était plus le petit garçon d'autrefois, marqué puis jeté dehors par son propre père comme un vulgaire paria. Il était un chef, un prince et un puissant magnat des affaires. Ce qu'il voulait, il l'obtenait et en profitait jusqu'à ce qu'il s'en lasse.

Il accéléra le rythme, l'emplissant toujours plus. Il voulait tout d'elle. Son plaisir. Son désir. Sa passion. Elle criait et enfonçait ses ongles dans ses épaules, ses bras aussi. Le picotement lorsqu'elle griffa l'égratignure laissée par son coup de feu l'enhardit encore. Il allait et venait en elle, sans pitié, insistant sur ce point secret qui la ferait bientôt chavirer.

C'était si bon de la posséder à nouveau ! Le plaisir enflait dans son aine, de plus en plus irrépressible. La jeune femme se mit à lui caresser le sexe, emportée par son second orgasme, dont les spasmes l'entraînèrent à son tour. L'extase fusa à travers son corps et il s'enfonça une dernière fois en elle, tout entier, avant de lâcher prise pour de bon.

Après un moment, il roula sur le côté, sonné par l'intensité de son orgasme. Tous ses muscles tremblaient sous le contrecoup. Dans un coin de sa tête, une voix enfantine s'éleva, suppliante.

Ne me laisse pas.

Il l'étouffa résolument. Ce n'était que du sexe, aussi fantastique fût-il. Une alchimie purement physique. Rien de plus.

11.

Kasia regarda Raif disparaître dans la salle de bains sans un mot pour elle. Elle se sentait désorientée et vulnérable, tout à coup. Le bruit de la chasse d'eau lui parvint, puis elle le vit dans le miroir se laver les mains après avoir jeté le préservatif.

Une vague de honte la submergea. Peut-être n'était-elle pas si différente de sa mère, tout compte fait. Comment avait-elle pu succomber une seconde fois à son désir dans sa situation ? Il ne voulait pas de ses excuses. De fait, il ne semblait pas la blâmer de ce qui lui était arrivé, ni n'avait réitéré sa demande en mariage. Mais que se passerait-il quand elle lui avouerait qu'elle était enceinte ?

Elle balaya des yeux la suite luxueuse avec sa vue imprenable sur Londres. Raif n'était plus le même que lorsqu'elle l'avait croisé au mariage de Cat et Zane, cinq ans plus tôt. À bien des égards, il était encore plus un étranger que l'homme à qui elle avait donné sa virginité. Pourquoi ne lui avait-il rien dit dans le désert ? Le mieux était encore de s'en aller. Elle avait besoin de temps pour consolider ses défenses avant de lui annoncer la nouvelle de sa paternité prochaine.

Le drap enroulé autour de son corps, elle s'assit au bord du lit et se pencha pour ramasser sa robe.

— Que fais-tu ?

Elle se redressa si brusquement que la robe lui échappa des doigts. Raif se tenait dans l'embrasure de la porte, totalement à l'aise avec sa nudité. Une nouvelle cicatrice ornait son ventre au-dessus de la hanche droite. La poitrine de Kasia se serra.

— Je vais y aller, bredouilla-t-elle.

— Reste.

Raif traversa la chambre et vint s'asseoir à côté d'elle.

— Je ne veux pas que tu partes, ajouta-t-il en glissant une main sur sa nuque.

Ce qu'il voulait n'était pas censé dicter ses choix. Mais lorsqu'il l'embrassa sur la tempe, la tendresse de son geste ébranla sa résolution.

— Reste avec moi cette nuit. Nous n'en avons pas fini l'un avec l'autre, n'est-ce pas ?

Un sourire confiant joua sur ses lèvres. Le sang afflua aux joues de Kasia. Comment faisait-il cela ? Il lisait en elle à livre ouvert ! Elle devait lui paraître si gauche !

— Tu es toute décoiffée, remarqua-t-il.

Elle posa une main sur sa tête et s'aperçut que son chignon menaçait de s'effondrer.

— Je ferais vraiment mieux d'y aller, persista-t-elle.

Alors qu'elle tentait de se lever, il la retint par le poignet et l'obligea à se rasseoir.

— Laisse-moi t'aider.

Sans lui laisser le temps de protester, il entreprit de retirer une à une les pinces emprisonnant ses cheveux. Le soin qu'il mettait à la tâche fit fondre le cœur de Kasia.

— Comment as-tu réussi à dompter ta crinière ? questionna-t-il.

— Avec un fer à friser.

— Un fer ? Ça doit faire mal, non ?

Kasia ne put s'empêcher de sourire.

— Pas du tout.

Son cœur fit un salto comme il plongeait les doigts dans ses boucles si méticuleusement coiffées dans l'après-midi. Tout cela pour un discours qu'elle n'avait jamais eu l'occasion de prononcer. Il se mit à lui masser doucement le crâne, et un délicieux frisson la parcourut. C'était si agréable… Il n'en fallut pas plus pour raviver un désir qu'elle avait cru rassasié.

— Comment je me débrouille ? s'enquit Raif.

— Très bien.

Trop, même. Elle n'avait plus aucune envie de partir, maintenant. Mais n'était-ce pas jouer avec le feu ?

— Tourne-toi, intima-t-il.

Elle obéit en resserrant le drap autour d'elle. Raif émit un petit rire.

— Lâche-le, tu n'en as pas besoin. Je promets de ne pas te toucher tant que tu ne me l'auras pas demandé.

Kasia capitula, mais croisa les bras sur ses seins nus, gênée par son reflet dans la fenêtre. La large silhouette de Raif se découpait derrière elle tandis qu'il enfonçait les pouces dans les muscles tendus de son cou. Ses doigts accomplissaient des miracles, défaisant chaque nœud qu'ils rencontraient le long de son dos. Lorsque, enfin, ses mains atteignirent son postérieur, elle laissa échapper un son étouffé.

Il lui donna pour rire une claque sur les fesses.

— Arrête ça ou je ne réponds plus de mes actions.

Elle croisa son regard dans la vitre. Il souriait, mais l'érection nichée contre son dos suggérait qu'il ne la taquinait qu'à moitié. Au fond, qu'est-ce qui l'obligeait à lui parler du bébé maintenant ? Ils n'étaient pas à la minute près. Raif semblait détendu et d'humeur enjouée. Quel mal y avait-il à profiter du moment ?

À peine se retournait-elle qu'il effleura du pouce l'un de ses mamelons.

— Bizarre, ils me paraissent plus larges que dans mon souvenir…

Parce qu'ils l'étaient. Kasia eut mauvaise conscience. Par chance, la pénombre dissimulait sur son visage toute expression susceptible de la trahir. Il pencha la tête, prêt à aspirer le téton hérissé entre ses lèvres. Elle se déroba.

— Il y a un problème ? demanda-t-il, aussitôt sur ses gardes.

— C'est juste que… Ça t'ennuie si on discute un peu ?

Il fronça les sourcils.

— Ce n'est pas ce qu'un homme dans mon état a envie d'entendre…

Mais à son sourire en coin, elle sut qu'il plaisantait. Au moins en partie.

Sautant du lit, il ramassa son boxer par terre et le renfila, avant d'aller à la salle de bains chercher un peignoir qu'il lui tendit. Le temps que Kasia le passe en ayant soin de bien nouer la ceinture, Raif avait décroché le téléphone sur la table de chevet.

— Tu as faim ?

Elle fit signe que oui. À vrai dire, ce n'était pas de nourriture dont elle avait envie, dans l'immédiat. Mon Dieu ce qu'il était sexy dans son boxer moulant ! Mais elle avait besoin de lui parler, alors autant le faire autour d'un dîner. Elle avait été si nerveuse après le test de grossesse qu'elle n'avait rien avalé de la journée.

— Il y a des choses que tu n'aimes pas ?

— Les yeux de mouton, plaisanta-t-elle.

Une spécialité de choix chez les Kholadis. Raif s'esclaffa.

— Tu ne sais pas ce que tu rates, répliqua-t-il avant de commander en room service une sélection de délicieux mets.

Il s'assit contre la tête de lit, jambes tendues devant lui, et lui fit signe de l'index.

— Approche.

Kasia obéit, émue lorsqu'il passa un bras autour d'elle. Elle savourait ce précieux moment d'intimité quand elle se rappela son opération. Elle se redressa aussitôt.

— Je suis désolée…

— Cesse de t'excuser, la tança-t-il en la ramenant contre lui. Ça ne fait pas mal.

Elle ne le croyait qu'à moitié. Mais il semblait réellement ne rien sentir. Il avait tant souffert dans sa vie qu'une cicatrice de ce genre lui était sans doute insignifiante.

— De quoi voulais-tu discuter ? demanda-t-il.

Par où commencer ? Il y a avant tant de choses qu'elle avait envie de savoir sur lui. Mais elle n'avait aucun droit de le questionner sur sa vie privée. Pas tant qu'elle ne lui aurait pas parlé du bébé. Alors elle se rabattit sur la seule question qu'elle se sentait autorisée à lui poser.

— Pourquoi avoir prétendu n'être que le chef des Kholadis à l'oasis ?

Non. Même avant d'acquérir une fortune et un pouvoir considérables hors de son royaume, il n'avait jamais été qu'un simple chef de clan. C'était depuis toujours un homme charmeur et intelligent, doublé d'un stratège hors pair. Un digne adversaire politique, selon Zane. Cat elle-même n'avait-elle pas mentionné qu'il parlait couramment sept langues ?

Son étiquette de *bad boy* était une invention des femmes du palais. Elle ajoutait au fantasme et le rendait plus sexy. *Comme s'il en avait besoin.* Peut-être n'avait-il pas reçu d'éducation formelle comme elle, mais il s'était élevé au rang de chef des Kholadis alors qu'il n'était encore qu'adolescent. Assurer l'avenir de son peuple était sans doute sa motivation derrière cette seconde carrière.

Une lueur amusée dansait dans ses yeux bruns. Sa question l'amusait-elle ?

— Je n'ai jamais prétendu être ce que je n'étais pas, objecta-t-il.

— Mais tu aurais pu me parler de ta vie d'homme d'affaires en Occident. Pourquoi n'avoir rien dit ?

Elle baissa la tête, submergée de honte. Elle lui avait parlé de Cambridge comme s'il était impensable qu'il en connaisse l'existence !

D'un index ferme, il lui releva le menton. L'amusement dans ses yeux avait cédé la place à une troublante intensité.

— Parce que je suis riche aujourd'hui, que je sais comment investir en Bourse et diversifier les ressources de mon pays, tu penses que cela fait de moi quelqu'un de meilleur qu'autrefois ?

— Non ! Pas du tout !

Elle secoua vigoureusement la tête. En aucun cas elle n'avait eu l'intention de l'insulter.

— C'est juste que… Ça fait de toi un homme différent de celui que je croyais connaître.

— En quoi ? Je suis le même sous le costume-cravate que sous la dishdasha. Tu es bien placée pour le savoir.

Il désigna son corps, suffisamment éclairé par la lumière de la salle de bains pour qu'elle distingue ses nombreuses cicatrices, l'encre passée de son tatouage, et même les marques rouges laissées par ses ongles durant leurs ébats.

— C'est ta perception de moi qui a changé, rien d'autre, affirma-t-il.

Et s'il avait raison ? L'image qu'elle s'était toujours faite de lui n'était qu'un amalgame de préjugés et de fantasmes.

Le fait est qu'il n'avait guère changé depuis leur nuit dans le désert. Mais pas question de lui laisser le dernier mot.

— Vraiment ? Choisirais-tu encore de te faire un tel tatouage, aujourd'hui ? le défia-t-elle.

Le motif païen avait quelque chose de déstabilisant. Il accentuait son côté guerrier, plus encore que ses blessures. Sans doute l'avait-il fait faire adolescent quand il était devenu chef des Kholadis. Le serpent n'était-il pas un symbole bien connu du clan ?

Raif jeta un bref coup d'œil à son épaule, comme s'il avait oublié l'existence de ce tatouage.

— Ce n'était pas un choix. Mon père m'a fait marquer avant de me jeter dehors.

Le choc fit à Kasia l'effet d'un coup de poing.

— Pourquoi faire une chose pareille ? demanda-t-elle dans un élan d'empathie.

— Pour que tout le monde sache que je n'étais que le rejeton d'une prostituée kholadie.

Il avait prononcé ces mots avec une telle désinvolture… C'était peut-être cela, le plus triste. Kasia peinait à absorber l'horreur de ce qu'elle entendait.

— Quel âge avais-tu ?

Il haussa les épaules, et le serpent ondula sur sa clavicule.

— Dix ans.

— *Dix ans ?* Mais c'est ignoble !

Elle avait entendu parler des mauvais traitements de Tarik envers Zane. Un jour, alors qu'elle et Cat étaient au marché, une vieille femme venue livrer du tissu au palais leur avait raconté comment Zane avait été battu pour avoir tenté de s'échapper, après avoir été enlevé à sa mère à Los Angeles.

Quoi d'étonnant à ce que Tarik se soit montré aussi brutal avec son autre fils ? Le vieux cheikh avait perdu la tête quand Zelda Mayhew, la mère de Zane, s'était enfuie en emmenant leur fils encore bébé. Mais traiter son propre enfant avec un tel mépris et marquer son corps à vie… C'était d'une cruauté sans nom. Comment Tarik avait-il pu agir de la sorte ?

— J'ai survécu, dit Raif avec un vague sourire. Une fois habitué à l'aiguille, on ne sent plus la douleur. En tant que chef des Kholadis, je porte ce tatouage avec fierté, aujourd'hui. Il s'est montré bien plus cruel avec ma mère.

Raif regretta aussitôt ces mots quand Kasia se redressa comme un ressort. Une profonde compassion transparaissait dans ses prunelles ambrées. Sa mâchoire se serra. Était-ce pour cela qu'il avait mentionné sa mère ? Pour se complaire dans cette compassion ? Quand était-il devenu aussi faible et pathétique ?

— Ta mère ? Tu veux dire…

Elle baissa la tête et se mit à triturer la ceinture de son peignoir, clairement à la recherche d'un qualificatif approprié. Lorsqu'elle releva le menton, l'empathie sincère dans son regard lui vrilla la poitrine.

— Désolée. Tout ce que je sais, c'est qu'elle était…

Il attendit qu'elle le prononce, ce mot entendu des milliers de fois. Lui-même l'avait utilisé pour désigner sa mère, résolu à l'assumer. Les gens l'avaient jugé à cause d'elle et il l'avait haïe pour cela, sans jamais admettre sa honte. Au contraire, il avait persuadé tout le monde, y compris son frère, qu'il était fier d'être le fils d'une prostituée. Si bien que lorsqu'il avait finalement appris la vérité deux ans plus tôt, dans le journal de son père, tout ce qu'il avait ressenti à l'égard de cette femme était une vague déception. Ni colère, ni regret, ni tristesse. Toute sa vie, il s'était battu pour surmonter ce que sa mère n'avait en réalité jamais vraiment été.

— Qu'elle était… la compagne payée de Tarik, termina Kasia d'une voix mal assurée.

L'étau autour de sa poitrine se resserra. Elle se donnait tant de mal pour ménager ses sentiments. Des sentiments depuis longtemps asséchés… jusqu'à cette nuit dans le désert, quelques semaines plus tôt. Prendre sa virginité avait déclenché en lui une réaction qu'il ne s'expliquait toujours pas.

— Une prostituée, tu veux dire ? la reprit-il calmement.

— Je n'utiliserais pas ce terme, objecta-t-elle avec vigueur.

— Pourquoi ? C'est la vérité, non ?

Il la poussait dans ses retranchements, curieux de tester sa réaction. Condamnerait-elle sa mère, elle aussi ? Ou son innocence et sa gentillesse étaient-elles vraiment sincères ?

— Parce que c'est une étiquette cruelle et désobligeante, qui passe à côté des raisons pour lesquelles ces femmes sont souvent forcées de faire ce choix, répondit-elle sans hésitation.

Cette défense passionnée lui alla droit au cœur. Elle était vraiment quelqu'un de bien. Qui sait ce qu'aurait été sa vie s'il l'avait rencontrée plus tôt ? Avant que ces mensonges sur sa naissance et les humiliations qu'il avait subies à cause d'eux ne l'obligent à grandir trop vite et fassent de lui l'homme qu'il était aujourd'hui ? Dur. Cynique. Imperméable à l'amour. Il secoua la tête. Le passé était le passé. Peu importait que son identité soit fondée sur un mensonge. Il était qui il était et n'avait aucune envie de changer.

— En réalité, ma mère n'était pas une prostituée. Pas avant de tomber enceinte de moi, dit-il, optant pour la vérité.

— Je ne comprends pas… Je croyais qu'elle était morte en te mettant au monde ?

— C'est le cas.

Il vit sur le visage de Kasia le moment où les pièces du puzzle s'assemblèrent. Sa mère avait ouvert son lit à des hommes pour de l'argent alors qu'elle était *déjà* enceinte. Une part de lui voulait que Kasia se contente de cette version. Quelle différence cela faisait-il de savoir quand et pourquoi elle avait commencé à se prostituer ? Mais Kasia ne semblait ni choquée ni dégoûtée. Au contraire, ses yeux ambrés luisaient de larmes.

— Pourquoi pleures-tu, Kasia ?

— La pauvre, elle devait être si désespérée…

Personne n'avait jamais pleuré pour sa mère. Pas même lui. Lorsqu'une larme roula sur la joue de la jeune femme, une digue céda en lui. Toute la honte et la culpabilité qu'il avait toujours refoulées – envers lui-même et non sa mère – le submergèrent d'un coup. Si cette fille pouvait pleurer pour sa mère qu'elle n'avait jamais connue, quel genre d'homme cela faisait-il de *lui* qui en était incapable ?

— Oui, elle était désespérée, admit-il pour la première fois de sa vie. À seize ans, elle était encore vierge quand Tarik l'a prise dans son lit. Mais il a refusé de l'épouser et lorsqu'elle est tombée enceinte, il l'a jetée à la rue en la traitant de traînée. Elle avait trop honte pour retourner chez les Kholadis. Alors elle a fini dans un bordel de Zafari.

Zafari était la ville qui s'était développée de génération en génération autour des murs du palais Doré.

— La mère maquerelle m'a conduit au palais après sa mort en couches. Les femmes m'ont recueilli. Mon père avait beau être furieux, il ne pouvait décemment pas chasser un bébé du palais. Surtout un bébé de son sang, même souillé. Mais il ne m'a jamais reconnu et a toujours refusé de me voir. Puis Zane est arrivé au palais. Le moment était venu pour lui de se débarrasser de moi. J'avais toujours entendu dire que ma mère était une prostituée et je le croyais. Il y a deux ans, quand Zane m'a confié le journal intime de mon père, j'ai appris que ce n'était pas l'entière vérité.

Il en avait voulu à Zane après cela. Le sort de sa mère n'avait éveillé aucune compassion dans son cœur, trop endurci contre elle. Mais il avait tout de suite eu des soupçons quant aux motivations de son frère. Pourquoi remuer le passé et exhumer une vérité qui bouleverse les principes sur lesquels il avait fondé toute sa vie ? Zane s'attendait-il à de la gratitude de sa part ? À des concessions politiques et économiques en faveur de Narabia en contrepartie de son ingérence dans sa vie privée ? Ou était-ce plus simple que cela encore ? Zane, plus que quiconque, savait que son enfance chaotique et semée d'obstacles était ce qui lui avait donné sa force. En montrant à Raif que sa mère avait été elle aussi une victime, peut-être cherchait-il simplement à l'affaiblir.

Mais les larmes de Kasia forçaient le passage entre ses défenses. Elles éveillaient en lui des émotions profondément enfouies qu'il s'était toujours interdit de laisser remonter à la surface. Et l'étau autour de sa poitrine se resserra encore d'un cran.

Kasia pressa une main sur son ventre, rongée par la culpabilité. Les terribles révélations de Raif sur sa mère éclairaient soudain d'un jour nouveau ce qui s'était passé entre eux un mois plus tôt.

— Est-ce pour cela que tu insistais pour suivre la loi maritale des cheikhs et m'épouser ? demanda-t-elle, la gorge sèche.

Essayait-il de réparer les torts de son père envers sa mère en appliquant cette loi que Tarik avait si odieusement foulée aux pieds ? Elle avait attribué sa demande en mariage à son autoritarisme et un code d'honneur obsolète dans leur société moderne. Mais ses raisons étaient bien plus personnelles. Quoi d'étonnant à cela après ce qu'il avait appris au sujet de sa mère ? Elle l'avait mis dans une situation impossible en lui cachant sa virginité, puis s'était braquée lorsqu'il avait tenté de résoudre le problème. Elle l'avait utilisé pour son seul plaisir et considéré de haut, convaincue d'avoir affaire à un rustre arrogant.

— Je ne sais pas…

Il eut un haussement d'épaules.

— J'ignore à quoi je pensais, à ce moment-là. Je ne m'attendais pas à ce que tu sois vierge. Ni à ce que te faire l'amour soit si intense.

Kasia rougit à cet aveu. Les braises couvant entre ses reins se rallumèrent aussitôt. Elle ne savait si elle était émue ou flattée par son honnêteté, ou simplement excitée de découvrir qu'elle n'était pas la seule à avoir été chamboulée par leur incroyable connexion physique.

— Mais après…

Il soupira.

— Durant ma convalescence au palais Doré, je me suis mis à ressasser nos derniers moments ensemble. Je ne comprenais pas pourquoi je m'étais montré si inflexible sur la nécessité de nous marier. J'ai alors pris conscience que ce que j'avais appris sur mes parents m'avait peut-être plus affecté que je ne le pensais.

— Je suis désolée de t'avoir mis dans une telle position, murmura-t-elle.

Cette fois, elle le pensait sans réserve. Elle avait beau tout ignorer de son passé quand elle avait couché avec lui, ce n'était pas une raison pour le reléguer au rang de sauvage dépourvu de considération. Son honneur était important pour lui. Pas parce qu'il était arrogant et tyrannique, mais parce qu'il avait dû se battre chaque jour de sa vie pour le défendre.

Il glissa une mèche de cheveux derrière son oreille, et une nuée de papillons s'envola dans le ventre de Kasia. Sa culpabilité redoubla devant son air penaud.

— C'est à moi de m'excuser, dit-il d'une voix bourrue.

— De quoi ?

— D'avoir fait pression sur toi. De t'avoir fait peur avec cette demande ridicule. Si je n'avais pas réagi aussi bêtement, notre retraite forcée à l'oasis aurait connu une conclusion plus agréable, tu ne crois pas ?

Kasia dissimula derrière un sourire un brusque accès de tristesse. Il jugeait maintenant « ridicule » l'idée de l'épouser. Et elle l'était, bien sûr. Ils se connaissaient à peine.

Devait-elle lui parler du bébé maintenant ? Sa mauvaise conscience la travaillait. Non, elle lui dirait plus tard, décida-t-elle. Pourquoi gâcher ce moment ? Pour la première fois, il se confiait à elle. Et puis, elle ne redoutait plus de lui annoncer la nouvelle, maintenant qu'elle le connaissait mieux. Raif était un homme intelligent et réfléchi, bien plus qu'elle ne l'avait cru.

— Et si nous nous excusions tous les deux ? proposa-t-elle.

Il rit, et le nœud de culpabilité dans son ventre s'envola.

— Excellent compromis.

L'approbation dans son regard libéra une douce chaleur dans sa poitrine.

Oui, elle lui parlerait du bébé plus tard. Ce soir, elle avait juste envie de profiter de sa compagnie. Leur liaison, fondée sur leur intense alchimie sexuelle, ne durerait pas. Ils étaient bien trop différents l'un de l'autre, tout comme les buts qu'ils poursuivaient. Mais il aurait toujours une place dans sa vie et celle de son enfant. Cela ne lui faisait plus peur. Au contraire, elle s'en réjouissait. Elle n'avait pas osé se demander quel genre de père il ferait, trop aveuglée par ses préjugés. Maintenant, elle savait qu'il n'était pas la brute sans éducation pour laquelle elle l'avait pris, et cela la rassurait.

Comme il l'attirait pour l'embrasser, un coup retentit à la porte de la suite.

— Monsieur Khan ? Room service.

Il étouffa un grognement de frustration.

— On ferait mieux d'aller ouvrir, soupira-t-il.

— Pourquoi ? Rien ne nous y oblige, protesta-t-elle avec une moue boudeuse.

Seigneur, que lui arrivait-il ? Elle ne se reconnaissait plus !

Raif eut un rire rauque.

— Oh ! que si, petite sorcière. Tu vas avoir besoin de tes forces, cette nuit.

La promesse sensuelle dans son regard attisa le feu au creux de sa chair. Elle le suivit des yeux tandis qu'il se levait et traversait la pièce, seulement vêtu de son boxer. Son large dos offrait une vue alléchante. Moins, cependant, que les fesses musclées dans son prolongement.

Oui, ce soir, elle comptait bien profiter du plaisir de l'avoir pour elle toute seule. C'était l'occasion d'apprendre à mieux le connaître, non ? Un rire malicieux lui monta à la gorge. Et quand il était question d'apprendre, elle savait se montrer studieuse.

12.

Kasia se réveilla le lendemain, comblée par la sensation du corps de Raif enveloppant le sien. Son bras reposait en travers de sa taille et son souffle régulier lui chatouillait la nuque. Elle sentait chaque relief de son torse imprimé dans son dos, chaque muscle de ses cuisses emprisonnant les siennes. Mais le plus grisant était le renflement viril tout contre ses fesses.

Un sourire étira ses lèvres. Qui aurait cru que le célèbre *bad boy* du désert aimait les câlins ? Et ce n'était pas la seule chose qu'elle avait apprise au sujet de Raif, cette nuit. Non seulement il lui avait confié des détails bouleversants de son enfance, mais elle avait entrevu de nouvelles facettes de sa personnalité. Sa force de caractère. Son sens de l'honneur. Sa capacité à reconnaître ses torts.

Et bien sûr, il y avait le sexe. La première fois avait été torride et frénétique, incroyablement excitante. Puis ils avaient fait une pause afin de reprendre des forces. Alors que Raif lui faisait goûter un morceau de son steak, l'explosion de saveurs sur son palais lui avait arraché un gémissement appréciateur. Le dîner avait aussitôt été abandonné dans une course précipitée vers la chambre. Cette fois, la fièvre était montée lentement, dans un langoureux *crescendo*. Raif avait usé de ses mains, de sa langue et de ses lèvres jusqu'à ce qu'elle le supplie de la prendre. Vers minuit, ils étaient allés se rafraîchir dans le jacuzzi, et c'est là qu'elle avait découvert qu'elle aussi avait le pouvoir de le rendre fou de désir. De retour au lit, elle s'était finalement endormie, bien au chaud entre ses bras.

Une douce chaleur l'envahit à la pensée de la nuit fabuleuse qu'ils avaient passée. Avec précaution, elle se dégagea de son étreinte. Raif grogna dans son sommeil et roula sur le dos, offrant à ses yeux le captivant spectacle de son torse sculpté. Le drap, tombé bas sur ses hanches, formait comme une tente au niveau de l'entrecuisse. Kasia réprima un petit rire. Pauvre Raif, ce serait cruel de le laisser dans cet état. Mais chaque chose en son temps. D'abord, un brin de toilette s'imposait. Elle avait grand besoin de se brosser les dents et les cheveux.

Sur la pointe des pieds, elle enfila son peignoir après l'avoir récupéré par terre, là où elle l'avait jeté dans la nuit. Alors qu'elle passait devant la porte du salon, un relent de leur dîner s'insinua dans ses narines. La nausée l'assaillit avec la violence d'un tsunami. Une main plaquée sur la bouche, Kasia se rua à la salle de bains. Elle atteignit les toilettes juste à temps. Les vomissements passés, elle tira la chasse afin d'effacer toute trace et se laissa choir par terre, sans forces. Mais une sensation désagréable continuait à lui retourner le ventre. Une nouvelle vague approchait, elle le sentait…

— Kasia, quelque chose ne va pas ? Je t'ai entendue vomir.

La panique l'envahit lorsque Raif vint la rejoindre. En simple boxer. Mais le désir qui la gagnait chaque fois qu'elle le voyait à demi nu fut de courte durée. Son estomac se révolta et Raif se précipita pour tenir ses cheveux comme elle se penchait sur la cuvette des toilettes.

— Je suis là, dit-il en lui frottant le dos d'un geste réconfortant.

La crise passa après qu'elle eut renvoyé tout le contenu de son estomac. Kasia resta recroquevillée par terre, les larmes aux yeux. Pourquoi fallait-il que la nausée frappe pour la première fois ce matin ? Elle s'était sentie vaguement barbouillée toute la semaine, mais rien ne l'avait préparée à cela. Et la dernière chose dont elle avait besoin était que Raif assiste à la scène.

— Ça va mieux ? s'enquit-il gentiment.

— Oui, je crois.

Il abaissa la lunette des toilettes et lui fit signe de s'asseoir, tout en remplissant un verre d'eau qu'il lui tendit.

Elle devait partir. Se ressaisir avant de lui annoncer sa grossesse. Assise sur les toilettes de sa luxueuse salle de bains, les cheveux en pagaille et les muscles intimes encore sensibles après leurs ébats, ce n'était clairement pas le moment idéal. Tous ses doutes envolés dans la nuit étaient de retour, multipliés par dix. Elle ne se sentait plus du tout sexy et sûre d'elle, loin de là.

— Bois un peu d'eau, intima Raif.

Elle obtempéra, puis le regarda déballer une brosse à dents neuve et étaler du dentifrice dessus, avant de la passer sous le robinet. Elle posa le verre et se brossa les dents, sous le regard pénétrant de Raif.

— C'est curieux que tu sois malade, lança-t-il lorsqu'elle eut fini de se rincer la bouche.

Kasia évita délibérément son regard.

— Ce doit être quelque chose que j'ai mangé, inventa-t-elle. Je ferais mieux de rentrer.

Sa voix chevrotait malgré elle. Elle n'avait jamais su mentir avec conviction. Raif continuait à la dévisager sans rien dire. Elle aurait pu mourir de honte, en cet instant. Elle s'en voulait tellement de le tromper ! Mais lui faire face dans son état était au-dessus de ses forces.

Alors qu'elle faisait mine de quitter la salle de bains, Raif la retint par le bras.

— Pas si vite. Regarde-moi, Kasia.

Il lui souleva le menton avec fermeté. Leurs regards se croisèrent et la culpabilité explosa dans sa poitrine.

— J'ai mangé la même chose que toi et je ne suis pas malade, fit-il remarquer.

Il plissa des yeux soupçonneux.

— Et tu t'es remise bien rapidement…

— S'il te plaît, je dois y aller.

Elle tenta de se dégager, pressée de s'échapper. Mais c'était trop tard, elle le savait. Raif n'était pas stupide et lisait en elle avec une facilité déconcertante.

Sa poigne autour de son bras se resserra, tandis que son

regard évaluait la taille de ses seins. Il avait déjà remarqué la veille qu'elle avait pris de la poitrine. Lorsqu'il releva la tête, l'inquiétude sur ses traits avait cédé la place à une colère sourde. Honte et regret nouaient l'estomac de Kasia. Les yeux de Raif avaient retrouvé leur éclat cynique, évanoui durant la nuit. Leur complicité s'était désagrégée si vite que c'était à se demander si elle avait jamais existé. Lorsqu'il reprit la parole, chaque syllabe suintait de mépris.

— Réponds-moi, sans mentir cette fois. Portes-tu mon enfant ?

Raif lut la réponse dans les yeux de Kasia avant qu'elle n'ouvre la bouche.

— Oui.

Sa rage redoubla, attisée par un profond sentiment de trahison. Elle était enceinte de lui et ne lui avait rien dit. Comptait-elle seulement lui en parler un jour ? Pas une fois au cours de la nuit elle n'avait fait mine d'aborder le sujet. Pas même quand il s'était ouvert à elle, comme il ne l'avait fait avec personne d'autre.

À son réveil, quelques minutes plus tôt, son premier réflexe avait été de tendre la main vers elle. La panique l'avait envahi en découvrant le lit vide. Et pas seulement à cause de sa douloureuse érection matinale. Il avait eu envie de la toucher et la serrer dans ses bras. La retenir auprès de lui. Jamais il n'avait ressenti cela pour qui que ce soit. Ce besoin viscéral l'avait effrayé car il échappait à tout contrôle. Son soulagement en entendant Kasia dans la salle de bains en était la preuve.

Tout en s'efforçant d'ignorer l'odeur de la jeune femme émanant des draps, il avait tenté d'analyser ce qui lui arrivait. Kasia l'avait ensorcelé par l'ardeur de sa passion. Mais au-delà de cela, une intime complicité s'était installée entre eux durant ces quelques heures. Ils avaient parlé, échangé des plaisanteries. Il lui avait confié des détails de son passé qu'il avait toujours gardés secrets. La vérité sur sa mère. Sur son tatouage. Comment son père l'avait marqué comme du bétail. Plus il y pensait, plus il regrettait sa faiblesse.

Il la connaissait à peine. Pourquoi lui faire confiance, alors qu'il n'avait jamais fait confiance à qui que ce soit de toute sa vie ?

Puis il avait entendu le bruit dans la salle de bains, compris qu'elle ne se sentait pas bien. D'instinct, il avait voulu l'aider. Elle tremblait, recroquevillée par terre, si fragile tout à coup. Il s'était senti tellement impuissant. Cela aussi, c'était nouveau, pour lui. D'ordinaire, il aurait gardé ses distances. Mais avec Kasia, une fois de plus, il avait éprouvé le besoin d'intervenir.

Avait-il inconsciemment perçu la vérité de son état ? Était-ce la raison derrière l'étrange connexion qu'il avait ressentie avec elle et son inexplicable volubilité ?

Un gouffre s'ouvrit dans sa poitrine. Elle avait trahi sa confiance en lui cachant sa grossesse. Jamais il ne le lui pardonnerait.

— Pourquoi ne m'avoir rien dit ? tonna-t-il, la voix vibrante de colère contenue.

Ce n'était pas seulement contre elle qu'il était furieux, mais contre sa propre stupidité. Il se retrancha derrière une rage froide lorsqu'elle leva vers lui des yeux luisants de larmes.

— J'attendais le bon moment, balbutia-t-elle. Cette nuit était spéciale. Je n'avais pas envie de la gâcher.

Le cœur de Raif enfla dans sa poitrine. Il se raccrocha à sa colère. Elle l'avait trompé et manipulé pour mieux lui soutirer ses secrets. Il ne répéterait pas la même erreur. S'il ne pouvait effacer ce qui s'était passé cette nuit, il pouvait toujours l'utiliser à son avantage.

Son regard tomba sur sa poitrine, visible entre les pans du peignoir. Un éclair de désir le traversa, inévitable et familier. Ce qui l'était moins, en revanche, c'était cet instinct possessif à l'égard de la jeune femme. Mais il s'expliquait. Son enfant grandissait en elle. Il avait toujours su qu'il devrait devenir père un jour. Un héritier était en effet nécessaire afin d'assurer la succession du pouvoir au sein du clan. Son honneur était également en jeu. Si sa demande en mariage avait procédé d'une réaction impulsive quelques semaines plus tôt, elle se justifiait pleinement aujourd'hui.

Il devait réfléchir avec pragmatisme, en fonction de sa position et du bien de son peuple. Pas de ses désirs ou des caprices d'une maîtresse malhonnête. Seul son enfant comptait, désormais. Il lui léguerait l'héritage qu'il avait passé ces vingt dernières années à bâtir, depuis ce jour où un Kholadi l'avait découvert agonisant dans le désert et reconnu comme l'un des leurs.

Il devait à son clan sa loyauté et sa vie. Que devait-il à cette fille ?

Il lui souleva le menton de l'index. Une onde brûlante fusa dans ses veines, comme chaque fois qu'il la touchait. Ce désir persistant s'annonçait bien utile pour les années à venir. Mais une seule question importait dans l'immédiat.

— Comptes-tu le garder ?

— Oui, répondit-elle sans hésiter en posant une main sur son ventre.

Il hocha la tête. Ce n'était ni de la joie ni de la gratitude qui lui étreignaient la poitrine. Pourquoi devrait-il se réjouir ou lui être reconnaissant alors qu'elle avait cherché à lui cacher l'existence même de ce bébé ?

— Dans ce cas, nous devons nous marier le plus tôt possible.

— Non !

Elle recula, la mine paniquée.

— Je ne peux pas t'épouser !

Par réflexe, il lui agrippa le bras de peur qu'elle ne s'échappe à nouveau, avant de la relâcher. Elle semblait encore fragile après son violent accès de nausée. Et l'intimider ne mènerait à rien. Il devait lui faire entendre raison.

— Nous n'avons pas le choix. Je refuse que mon enfant naisse illégitime comme moi.

Bon sang, ce qu'il détestait être forcé de dévoiler ses craintes les plus intimes !

— En tant que mère de mon enfant, tu deviendras ma princesse et auras tout ce que tu peux désirer. Notre enfant sera l'héritier du royaume de Kholadi. N'est-ce pas suffisant ?

Il lui offrait tout ce qu'il possédait. Comment osait-elle le rejeter ?

— Non, assena-t-elle. Il me manque l'essentiel… Le libre arbitre.

Le même argument qu'elle lui avait déjà opposé, et dont il avait fini par reconnaître la validité la nuit précédente. Mais la situation avait changé. Ils n'étaient plus deux inconnus que rien ne liait. Ils allaient être parents et devaient protéger l'avenir de leur enfant.

— Nous n'en sommes plus là, grinça-t-il, les dents serrées. Ni toi ni moi n'avons le choix, désormais.

— Bien sûr que si. On a toujours le choix, protesta-t-elle, les larmes aux yeux.

Des larmes sincères, il n'en doutait pas. Mais son orgueil et son obstination prenaient maintenant le dessus, visibles dans sa façon de lever le menton. De carrer les épaules. Elle était prête à lui tenir tête. Et s'il admirait son esprit combatif, rien pour autant ne lui ferait changer d'avis.

— Notre seul choix est de nous marier, répéta-t-il, implacable.

— Je ne veux pas d'un mariage sans amour ! répliqua-t-elle avec feu.

— *L'amour ?* Qu'est-ce que l'amour vient faire là-dedans ?

Colère et frustration se disputaient en lui.

— L'amour n'existe pas. C'est une pure invention. Si c'est ce qu'on t'apprend dans ton université d'élite, autant cesser de gaspiller l'argent de mon frère.

Il était allé trop loin. Il le comprit en la voyant se raidir, une lueur farouche dans le regard.

— C'est justement parce que tu ne crois pas en l'amour que jamais je ne choisirai de t'épouser, siffla-t-elle avant de tourner les talons et quitter la salle de bains.

Raif lâcha une bordée de jurons en kholadi, dont l'écho se répercuta sur les murs en marbre. Luttant contre l'impulsion de la rattraper, il serra les poings en attendant que cette tempête d'émotions destructrices en lui retombe, ou s'apaise suffisamment pour lui permettre de retrouver les idées claires.

Il avait beau être expert dans l'art de la négociation, celle-ci avait totalement échappé à son contrôle. Il avait montré son jeu trop tôt en trahissant à quel point il voulait ce mariage, puis s'était laissé aveugler par sa frustration. Oh ! Kasia l'épouserait. C'était non négociable. Mais faire pression sur elle n'était pas la solution. Il refusait de s'abaisser aux méthodes de son père.

Dans la chambre contiguë, il entendit la jeune femme s'habiller. De nouveau, il se retint de fondre sur elle pour l'empêcher de partir. C'était une habitude chez elle, prendre la fuite. Il ouvrit le robinet et s'aspergea d'eau froide, autant pour contenir sa colère qu'éteindre le désir qui continuait à le tourmenter, bien visible sous son boxer.

Lorsqu'il eut enfin recouvré son calme, il sortit de la salle de bains. Sans surprise, la chambre était vide. Sur les draps était posé un mot qu'il ramassa, déchiffrant l'écriture brouillée ici et là de traces de larmes.

Raif,

Je suis désolée de ne pas t'avoir parlé du bébé hier soir. C'était une erreur et je m'en excuse.

La raison pour laquelle je me suis tue est parce que je craignais exactement cette réaction. Nous ne pouvons pas nous marier. L'amour compte plus que tout pour moi et ne signifie rien pour toi. Cet enfant, je l'aime déjà. Sois certain qu'il ne sera jamais non désiré.

Nous reparlerons de tout cela après sa naissance. D'ici là, ne cherche plus à me contacter.

Kasia

La bile lui monta à la gorge. Il chiffonna le papier d'un poing rageur. Oh ! il la recontacterait, et très bientôt. Elle était à court de continents où se cacher. Son seul refuge était l'université, qu'il contrôlait déjà grâce à sa généreuse donation.

Ce mariage était indispensable. Il y avait renoncé trop facilement durant sa convalescence. Mais ce n'était plus seulement une question d'honneur. Son enfant grandissait en elle. Cela lui donnait des droits et des responsabilités qu'il était bien décidé à assumer. Ce bébé ne naîtrait pas comme lui, privé de nom et d'héritage. Aucun enfant ne méritait de venir au monde sans la protection de son père. L'amour… L'amour ne suffisait pas. Il ne vous remplissait pas le ventre, ni ne vous habillait. Il ne combattait pas vos ennemis, pas plus qu'il ne vous protégeait d'une tempête.

À lui d'établir une stratégie pour obliger Kasia à ouvrir les yeux. Malgré son incurable romantisme, c'était une femme intelligente et intuitive, et leur désir était mutuel. Il trouverait bien un moyen de la convaincre que le mariage était la seule solution. Séduction, chantage, ou même kidnapping, il ne reculerait devant rien. Personne au monde ne lui ferait abandonner son enfant. Pas même Kasia Salah.

13.

Mademoiselle Salah, veuillez venir dans mon bureau immédiatement.

Kasia relut le message de M. Walmsley, le doyen de l'université. Une bouffée d'angoisse lui tordit l'estomac. Elle avala une gorgée de thé et mordilla sans appétit dans son biscuit sec. Un régime conseillé par son médecin pour atténuer les nausées matinales.

La mort dans l'âme, elle se leva et s'empara de ses livres sur la table. Une entrevue avec le doyen était inévitable. Une semaine s'était écoulée depuis son retour de Londres. Dès le lundi matin, il avait reçu un mail d'Alice Evershot. Apparemment, aucun financement ne lui était parvenu du donateur que Kasia avait rencontré.

Tiens donc. Quoi d'étonnant à ce que Raif ait retiré son offre ? Voilà qui lui servirait de leçon. Elle ne pouvait de toute façon plus le laisser financer sa thèse, désormais. Cela lui donnerait une trop grande emprise sur elle et compliquerait leur relation personnelle.

Quelle relation personnelle ? lui souffla une voix dans sa tête. Le cœur de Kasia se serra tandis qu'elle se dirigeait vers le bureau de M. Walmsley. C'est vrai, seul le bébé les liait. Elle n'avait reçu aucune nouvelle de Raif de toute la semaine. Et c'était très bien ainsi, se persuada-t-elle. Il avait dû lire son mot, comprendre qu'elle ferait une épouse déplorable et renoncer à la contacter, comme elle le demandait.

Alors d'où venait cette inexplicable déception ? Une nouvelle confrontation avec lui était la dernière chose qu'elle souhaitait. Mais elle ne pouvait ignorer le vide qui l'engloutissait chaque fois qu'elle se réveillait seule dans son lit étroit, après avoir rêvé de lui toute la nuit. Ce qu'elle avait ressenti dans le creux de ses bras ce dimanche matin-là, la délicieuse plénitude qui l'avait enveloppée alors, lui manquait terriblement. Peut-être était-ce parce qu'elle savait que Raif, derrière la façade cynique, n'était pas un homme insensible. Il avait trop souffert pour cela.

Sa gorge se noua. Encore un tour de ses maudites hormones. Même si elle tombait amoureuse de lui, jamais il ne l'aimerait en retour. Elle le savait. Il avait passé sa vie à s'endurcir pour éradiquer toute faiblesse en lui. Mais savoir lâcher prise n'était-il pas l'essence même de l'amour ? Peu importait leur extraordinaire alchimie physique, s'il ne pouvait lui offrir ce qu'elle désirait le plus au monde.

C'était une bonne chose qu'il soit revenu à la raison. Ils trouveraient un accord une fois le bébé né. Mais pour dissiper toute inimitié entre eux, ils avaient besoin d'une pause. C'était précisément ce qu'elle demandait dans son mot. Le fait qu'il respecte sa volonté était un message positif. La preuve qu'il n'était pas totalement opposé à une décision raisonnable. C'était vital pour elle, car elle tenait à ce que son enfant connaisse son père et à ce qu'ils partagent un lien fort. Et rien de cela ne serait possible s'ils ne parvenaient pas à dépasser leurs torts respectifs.

À elle, d'ici là, de combler le vide qu'il avait laissé dans sa vie. Elle se sentait seule et vulnérable, angoissée par l'avenir qui se profilait devant elle. Celui d'une mère célibataire, obligée de jongler entre sa carrière universitaire et l'éducation de son enfant. Elle n'avait toujours pas trouvé le courage d'en parler à Cat. Si au moins elle n'était pas aussi fatiguée en permanence… Entre les nausées matinales et ses difficultés à dormir depuis qu'elle avait quitté Raif, elle se faisait l'effet d'être un zombie.

À contrecœur, elle traversa le couloir jusqu'au bureau du doyen, redoutant la mauvaise nouvelle qui l'y attendait certainement. Une profonde inspiration, et elle frappa à la porte.

— Monsieur Walmsley, c'est Kasia Salah.

— Entrez, mademoiselle Salah.

L'intonation irritée du doyen n'augurait rien de bon. Si elle se faisait renvoyer de l'université, il lui faudrait trouver une autre source de financement. Sa thèse était trop importante pour Narabia pour qu'elle y renonce. Mais son malaise se mua en panique lorsqu'elle vit qui se tenait assis en face de M. Walmsley.

Raif.

Il se leva à son entrée, sa large silhouette mise en valeur par la coupe impeccable de son costume-cravate. À contre-jour devant la fenêtre, il paraissait plus imposant encore.

— Mademoiselle Salah, ce n'est pas trop tôt. M. Khan et moi-même vous attendions…

Le sermon du doyen lui passa au-dessus de la tête. Dans un bruyant fracas, les livres sous son bras s'étaient éparpillés par terre. Kasia resta immobile, paralysée par mille questions auxquelles se mêlait une fébrilité qu'elle savait ne pas devoir éprouver. Était-il venu la demander en mariage une nouvelle fois ? Lui faire du chantage ? Raif était un homme extrêmement riche. L'université dépendait de donateurs comme lui pour financer les thèses de ses doctorants. Cela lui conférait un pouvoir sur sa carrière dont elle n'avait pas pleinement pris la mesure jusqu'à cet instant.

— Mademoiselle Salah ! Mais enfin, qu'est-ce qui vous arrive ?

L'expression atterrée de M. Walmsley disparut derrière la haute stature de Raif, qui se pencha pour ramasser ses livres.

— Qu'est-ce que tu fais ici ? chuchota-t-elle alors qu'il se redressait.

Son regard perçant et son odeur résolument masculine lui donnèrent le vertige.

— M. Khan est ici pour son projet de financement, intervint M. Walmsley. J'ai un cours à donner, je vous laisse donc en discuter tous les deux. Tâchez de faire meilleure impression, cette fois, mademoiselle Salah.

Le doyen ponctua ces mots d'un regard éloquent avant de quitter son bureau. Kasia était maintenant seule avec Raif.

— Pourquoi es-tu ici ? répéta-t-elle, peu convaincue par la raison avancée l'instant d'avant.

— Tu le sais très bien, répondit Raif. Tu croyais vraiment que j'allais abandonner mon enfant ?

— Je ne peux pas t'épouser. Ma réponse n'a pas changé.

Elle maudit le tremblement de sa voix. Raif posa ses livres sur le bureau de M. Walmsley et hocha la tête.

— Tu refuses de m'épouser car tu n'es pas amoureuse de moi. C'est bien cela ?

Kasia cilla, surprise par cette entrée en matière. Ce n'était pas la seule raison, bien sûr. À vrai dire, ce n'était pas l'entière vérité non plus. Elle était déjà en train de tomber amoureuse de lui. Comment expliquer autrement la violente émotion qui l'avait saisie en le voyant dans le bureau ? Une émotion qui dépassait le simple désir physique ? Comment justifier sa décision immédiate de garder le bébé ? Ce n'était pas seulement parce qu'elle voulait un enfant, mais bien parce que cet enfant était le sien.

Non, le véritable obstacle n'était pas ses sentiments. C'étaient ceux de Raif et sa vision déformée de l'amour. Mais il faisait un effort, elle le voyait. Il n'était pas simplement venu réitérer sa demande en mariage. Une bulle d'espoir enfla dans sa poitrine. Aucune émotion n'était gravée dans la pierre. Elles évoluaient, même celles d'un homme comme Raif, endurci par les mauvais traitements. Ne se devait-elle pas de lui donner une chance ? Ne le devait-elle pas à leur enfant aussi ?

— Eh bien, oui, c'est en partie la raison, admit-elle.

— Dans ce cas, peut-être m'aimerais-tu si tu apprenais à mieux me connaître. Alors nous pourrions nous marier, n'est-ce pas ?

L'amour ne fonctionne pas à sens unique.

Kasia ravala l'objection qui lui brûlait les lèvres. Raif n'avait jamais connu l'amour. Il s'était persuadé qu'il n'en avait pas besoin, au point de réfuter son existence même. Après ce qu'il lui avait confié sur son passé, elle comprenait son ressenti. Pourtant, il était là, prêt à en parler et prendre ses aspirations aux sérieux.

Lui aussi avait besoin d'amour. L'en convaincre s'annonçait un défi de taille. Mais elle ne pouvait non plus l'obliger à l'aimer. Ce serait un effort aussi futile que source de souffrances, elle le savait d'expérience. Elle s'était longtemps sentie fautive de l'absence de sa mère. En grandissant, elle avait fini par comprendre que tout son amour n'aurait pas suffi à la retenir. Elle n'était pas responsable des choix de sa mère.

Mais quel choix avait eu Raif ? Quelle chance avait-il eue de comprendre l'importance de l'amour si personne ne l'avait jamais aimé tel qu'il était, sans condition ? Cet amour-là, peut-être ne l'éprouverait-il jamais pour elle, mais il pouvait l'apprivoiser avec leur enfant. Si elle protégeait son cœur, quelle raison avait-elle d'avoir peur ?

Elle se raccrocha à cet espoir.

— Peut-être, convint-elle.

— Dans ce cas, j'ai une proposition à te faire.

Un frisson d'anticipation la parcourut.

— J'ai des affaires à régler à Paris, puis à New York, ces trois prochaines semaines, commença-t-il en enfonçant les mains dans ses poches. J'aurai quelques moments libres entre mes diverses réunions. Nous pourrions les passer ensemble.

Il posa sur elle un regard franc et direct. Une flamme de désir dansait au fond de ses yeux bruns. Kasia se mit aussitôt sur ses gardes. Trois semaines en tête à tête avec Raif ? Ses défenses y résisteraient-elles ? Elle vit sa pomme d'Adam monter et redescendre dans sa gorge. Il était nerveux. Sans rien en laisser paraître, il appréhendait sa réponse. Pour la première fois, la façade assurée qu'il présentait au monde se fissurait.

L'espoir grandit dans sa poitrine. C'était un début. Un petit pas en avant, mais qu'elle aurait cru impossible encore quelques jours avant.

— Cela te dirait de m'accompagner ? demanda-t-il, une note incertaine dans la voix.

— Pourquoi pas ?

Au diable ses propres doutes. C'était l'occasion ou jamais de tenter leur chance.

— Bien.

Il s'approcha d'elle et encadra son visage de ses mains. L'instant d'après, ses lèvres capturaient les siennes en un baiser possessif. Sa langue explorait sa bouche dans ses moindres recoins, multipliant les décharges électriques à travers tout son être. Lorsque, enfin, leurs lèvres se détachèrent, son expression s'était adoucie. Derrière la satisfaction teintée d'arrogance, Kasia entrevit une ombre de soulagement. Il n'en fallut pas plus pour que son cœur s'envole.

14.

Kasia sortit sur le balcon du luxueux penthouse et poussa un soupir enchanté. La tour Eiffel était si proche qu'il lui semblait pouvoir la toucher rien qu'en tendant le bras. Ses élégantes poutres d'acier scintillaient de mille feux dans le soleil couchant tandis qu'elle veillait, tel un géant bienveillant, sur l'enchevêtrement de rues à ses pieds.

— Waouh ! La vue est fabuleuse !

Elle se tourna vers Raif, qui l'avait rejointe après avoir gratifié d'un généreux pourboire le bataillon de bagagistes chargé de monter leurs valises.

— Content que cela te plaise.

Il l'attira à lui et pressa les lèvres dans le creux de son cou où battait son pouls. Elle avait l'impression de vivre un rêve.

Tout avait commencé trois heures plus tôt, quand une voiture avec chauffeur était venue la chercher sur le campus. Elle et Raif avaient traversé la Manche dans son jet privé pour atterrir à l'aéroport d'Orly, où une autre voiture les attendait. Sur le trajet vers leur hôtel, Raif lui avait désigné les monuments emblématiques disséminés à travers leVIII^e^ arrondissement. Kasia s'était extasiée devant l'élégance du palais de l'Élysée et la splendeur du Grand Palais, envieuse des flâneurs sur les Champs-Élysées. C'est tout juste si elle ne s'était pas fait un torticolis lorsqu'ils étaient passés sous l'Arc de Triomphe. C'était sa toute première visite à Paris. À vrai dire, elle n'était guère sortie de Cambridge durant ses cinq années en Europe, trop accaparée par ses études pour voyager.

Mais aussi belle que fût la Ville lumière, c'était l'homme

à ses côtés qui la ravissait le plus, et la perspective des trois semaines à venir en sa compagnie.

La veille, dans le bureau du doyen, elle avait pris sa décision. Elle saisirait cette chance qu'il lui offrait d'apprendre à le connaître. Bien sûr, il espérait que ce séjour se conclue par un mariage. Pour lui, c'était une question d'honneur et de responsabilités envers leur enfant. Mais s'il tenait à l'épouser pour les mauvaises raisons, cela ne signifiait pas qu'ils ne pouvaient pas tomber amoureux. Ou au moins trouver un terrain d'entente avant de devenir parents.

Kasia ne se fermait à aucune possibilité. Elle gardait le cœur et l'esprit ouverts, résolue à explorer les facettes cachées de cet homme qui l'avait toujours fascinée.

Ses lèvres s'égarèrent dans son cou et un délicieux frisson la traversa. Elle s'abandonna contre lui, tournant la tête pour lui faciliter le passage. C'était si agréable d'être à nouveau dans ses bras. Il ne l'avait plus touchée depuis le baiser par lequel ils avaient scellé leur accord dans le bureau de M. Walmsley. Et comme elle avait hâte de reprendre là où ils en étaient restés ! Le sexe était la seule chose simple entre eux. Rien ne venait compliquer leur parfaite alchimie physique. C'était aussi le moyen idéal de se rapprocher de lui et faire tomber peu à peu le mur qui l'isolait des autres.

Aiguillonnée par son érection contre ses fesses, elle se retourna entre ses bras, prête à passer à la vitesse supérieure. Mais alors qu'elle cherchait à l'attirer à lui, il planta deux mains fermes sur ses hanches et la repoussa gentiment.

— Non, ma petite sorcière. Pas maintenant.

— Pourquoi ? protesta-t-elle, incapable de masquer sa déception.

Elle laissa retomber ses bras, sa belle assurance envolée.

— Nous n'avons pas le temps, expliqua-t-il avec un sourire crispé. J'ai une réunion importante, ce soir.

Kasia fronça des sourcils perplexes.

— Mais il fait presque nuit…

Elle qui comptait les heures avant qu'ils se retrouvent seuls à l'hôtel, depuis leur baiser de la veille… Pourquoi lancer quelque chose qu'il n'avait aucune intention de terminer ?

Avait-elle mal interprété la situation ? Non, la bosse massive sous son pantalon n'autorisait aucun doute.

— À Paris, il n'y a pas d'heure pour les affaires, dit-il avec un petit rire forcé. Je vais prendre une douche et me changer. Profites-en pour te reposer. Le voyage a été fatigant.

Kasia fit la moue. Elle avait connu plus fatigant qu'un voyage de quelques heures en jet privé et voitures avec chauffeur.

— Je suis en pleine forme, assura-t-elle.

Rassemblant tout son courage, elle ajouta :

— Peut-être pourrais-je te rejoindre sous la douche ?

Les pupilles de Raif se dilatèrent, mais il secoua la tête.

— Ce sera une douche froide. M'y rejoindre serait contre-productif.

— Oh… Je vois.

Kasia était secrètement flattée d'être capable de l'affecter ainsi. Mais lorsqu'il la laissa seule sur le balcon après un baisemain distrait, sa déception revint de plus belle. Surtout lorsqu'elle s'aperçut que Raif avait fait déposer ses valises dans une autre chambre, diamétralement opposée à la sienne. Avait-elle mal compris ses intentions ? Ce voyage était censé leur donner l'occasion d'être ensemble. *Vraiment* ensemble. Si le sexe y contribuait, c'était aussi l'intimité de se réveiller dans ses bras qu'elle espérait retrouver. Elle voulait découvrir toutes ses petites manies du quotidien. Ils n'avaient que trois semaines devant eux. Alors pourquoi faire chambre à part ?

— Tu sauras t'occuper, ce soir ?

Elle fit volte-face. Il se tenait dans l'embrasure de la porte vêtu d'un costume propre, la mâchoire rasée de frais, ses cheveux humides plaqués en arrière. Des papillons s'envolèrent dans son ventre. *Cesse de tout voir en noir*, se tança-t-elle. C'était leur première nuit à Paris. Il faisait juste preuve de considération en lui accordant un peu de temps pour elle.

— Oui, bien sûr, répondit-elle.

Il la rejoignit en quelques enjambées et lui caressa la joue.

— Commande quelque chose en room service. Un chef étoilé officie dans cet hôtel.

— Tu ne dînes pas avec moi ?

— Je rentrerai tard. Je ne voudrais pas que tu meures de faim en m'attendant.

Il l'embrassa chastement sur le front.

— Repose-toi bien.

Elle ne le reverrait donc pas de la soirée. Raif partit alors que le soleil sombrait derrière la ligne des toits, embrasant l'emblématique dame de fer telle une torche. La vue romantique semblait presque la narguer. Kasia poussa un soupir. Une douche froide n'était pas peut-être pas une mauvaise idée, tout compte fait.

Trois semaines. C'était le temps dont elle disposait pour se familiariser avec le père de son enfant. Pendant qu'il serait en réunion, elle en profiterait pour explorer la ville. Une réelle complicité ne se forgeait pas du jour au lendemain. Et puis, une nuit d'abstinence aiguiserait leur désir et ajouterait un peu de piquant.

Elle posa une main sur la taille de son jean, qui commençait à la serrer un peu. Un sourire s'épanouit sur ses lèvres. Elle devait calmer le jeu et simplement profiter du moment. Pourquoi demander plus alors qu'elle avait déjà tant ?

15.

C'est décidé. Ce soir, tu sors le grand jeu.

Kasia lissa d'une paume tremblante le satin de sa robe de soirée, essayée le matin même dans une boutique huppée des Champs-Élysées.

Cela faisait maintenant quatre jours qu'ils étaient à Paris. Deux fois, ils avaient dîné au restaurant cinq étoiles de l'hôtel, dans un tête-à-tête plus guindé que romantique. À part cela, c'est à peine s'ils s'étaient croisés. C'était en partie sa faute. Chaque matin, ses violentes nausées la vidaient de ses forces et l'obligeaient à se recoucher. À son réveil, Raif était parti. Mais ses soirées en solitaire, c'était bien à lui qu'elle les devait. Invariablement, il la déposait à l'hôtel, l'embrassait d'un air absent, puis repartait selon un prétexte ou un autre.

L'évitait-il exprès ? Il ne la touchait plus non plus. Pas par manque de désir à en croire ses regards furtifs, qui ne lui avaient pas échappé. Alors pourquoi se refusait-il à elle ? Cette stagnation dans leur relation la frustrait au plus haut point.

Par chance, la ville offrait de nombreuses distractions, et Kasia n'avait pas hésité à faire usage de la voiture avec chauffeur laissée à sa disposition. Pourtant, elle ne pouvait s'empêcher de regretter l'absence de Raif à chaque monument qu'elle visitait, chaque ruelle secrète qu'elle explorait. À quoi bon, s'il n'était pas à ses côtés ? Elle n'avait néanmoins pas osé s'en plaindre. Raif était à Paris avant tout pour affaires, et l'ardeur qu'il mettait au travail forçait le respect. Elle avait même découvert qu'il parlait couramment le français, l'allemand et l'italien un matin où, à sa stupeur, elle l'avait surpris s'exprimant dans les trois langues lors d'une visioconférence.

Mais ce soir serait différent. Ils assistaient à un bal de charité donné au Petit Palais. L'occasion rêvée de mettre son plan à exécution.

La coupe toute simple de la robe épousait ses courbes avec élégance. Elle accentuait son généreux décolleté sans verser dans la vulgarité. Kasia avait également passé l'après-midi à se faire pomponner au spa de l'hôtel, puis s'était rendue au salon de coiffure, d'où elle était sortie les cheveux torsadés en un chignon sophistiqué. Ce soir, elle avait tout d'une reine.

Parfait, conclut-elle, satisfaite, en entrant dans le salon.

Elle trouva Raif ajustant ses boutons de manchette sur le balcon. Son cœur manqua un battement. La vue sur la tour Eiffel était toujours aussi splendide. Mais c'est l'homme à qui elle servait de décor qui lui coupa le souffle. En chemise blanche et smoking de créateur, il était plus sexy que jamais.

Kasia s'éclaircit la gorge, à l'étroit dans son bustier près du corps. Il releva la tête et promena sur elle un regard ouvertement appréciateur. Comblant la distance qui les séparait, il porta avec galanterie sa main à ses lèvres.

— Tu es sublime, la complimenta-t-il dans un sourire. Je vois que tu as utilisé ma carte de crédit à bon escient.

— Je n'ai acheté que les chaussures et le sac à main, le détrompa-t-elle, ravie de sa bonne affaire. La boutique a tout de suite accepté de me prêter la robe quand j'ai évoqué le gala de charité.

Raif travaillait si dur à améliorer le profil d'investisseur des Kholadis. Quel droit avait-elle de dépenser son argent en frivolités ?

Il fronça les sourcils.

— Pourquoi avoir fait cela ? Je ne veux pas que tu te contentes de vêtements prêtés.

— La robe coûtait plusieurs milliers d'euros, Raif…

— Et alors ? la coupa-t-il. Rien qu'hier, Kholadi Corporation a amassé plus de quinze millions en une heure, uniquement grâce à nos investissements.

Kasia déglutit, ébahie par ce montant vertigineux. Elle le savait riche, mais pas à ce point.

— Je peux tout de même offrir une robe à la mère de mon enfant, ajouta-t-il en lui effleurant la joue.

Une douce chaleur inonda sa poitrine. Elle éprouva néanmoins le besoin de défendre sa position.

— Ce n'est pas mon argent, persista-t-elle. Quand le bébé sera né, j'accepterai volontiers ton apport financier, mais…

— Kasia.

Il pressa un index sur ses lèvres et sortit de sa poche un petit écrin de velours.

— Nous ne sommes plus des étrangers. Je veux que tu sois plus que la mère de mon enfant…

Kasia fixait la boîte, le cœur battant. Était-ce bien ce qu'elle pensait ? Comment était-elle censée réagir ? À sa confusion se mêlait une dangereuse émotion.

Raif ouvrit l'écrin, révélant une délicate bague de fiançailles sertie de diamants.

— C'est pourquoi je tiens à ce que tu portes ceci.

Sans attendre sa réponse, il saisit sa main gauche et glissa l'anneau à son annulaire. Kasia se laissa faire, trop submergée pour réagir.

— Je n'ai pas encore accepté de t'épouser, protesta-t-elle d'une voix faible. Je ne peux pas porter une telle bague.

Elle le pensait. À sa grande tristesse, leur relation n'avait pas progressé d'un pouce depuis qu'elle avait donné son accord à ce voyage dans le bureau de M. Walmsley. Mais alors qu'elle faisait mine de retirer l'anneau, il emprisonna ses doigts entre les siens.

— Écoute-moi, s'il te plaît. Une bague de fiançailles est un symbole d'intention, n'est-ce pas ?

— Je suppose, concéda-t-elle, troublée par l'intensité de son regard.

— Mon intention est de t'épouser à la fin de ce voyage, Kasia. Je tiens à ce que tu portes cette bague…

Ses yeux errèrent sur sa silhouette, et chaque pore de sa peau s'embrasa sous le satin.

— Et à ce que tu t'achètes tout ce qui te plaît avec mon argent, compléta-t-il.

La note possessive dans sa voix l'envoûta malgré elle.

Mais ce n'était qu'une question de devoir et de responsabilités, rien d'autre.

— Raif…

Ses lèvres sur les siennes la réduisirent au silence. Sa langue ravageait sa bouche sans lui accorder le moindre répit. Lorsqu'il rompit leur baiser, elle pantelait, hébétée.

— Porter ma bague ne t'enlève pas ton libre arbitre, assura-t-il. Mais j'ai mon orgueil. En attendant ton choix, tant que tu es à mes côtés, je veux que tout le monde sache que vous êtes à moi, toi et le bébé que tu portes. Tu comprends ?

Oui, elle comprenait. Il ne la privait pas de son pouvoir de décision. Il revendiquait simplement ses responsabilités, envers elle et leur enfant. Elle lui devait bien cela. Même si son choix s'en trouvait encore compliqué. Mais il avait raison. Il ne s'agissait pas seulement d'elle. Il en allait aussi de l'avenir du bébé. Comment un tel choix pourrait-il être simple ?

Elle acquiesça d'un signe de tête.

— Alors tu es d'accord ?

— Oui.

Pour la première fois, il lui posait la question au lieu de lui imposer sa volonté. Un sourire fleurit sur ses lèvres.

— Merci.

— De rien.

Il enroula un bras protecteur autour de sa taille et, ensemble, ils quittèrent l'hôtel. En portant sa bague, elle n'avait pas seulement le sentiment d'être à lui, réalisa-t-elle en montant dans la limousine. Elle devenait sa propriété exclusive.

16.

Bon sang, pourquoi ai-je sans arrêt envie d'elle ?

Raif resserra son étreinte autour de la taille de Kasia tandis qu'elle bavardait avec un aristocrate quelconque. La jeune femme évoquait avec animation ses recherches sur l'agriculture en milieu désertique, sans s'apercevoir que l'homme flirtait avec elle, les yeux rivés sur ses seins.

Le sang afflua dans la région la plus virile de son anatomie. Il avait bien tenté de se mettre en retrait, ces quatre derniers jours. Surtout la nuit. Il l'avait trouvée fatiguée dans le bureau du doyen de Cambridge. Les cernes prononcés sous ses yeux l'avaient alarmé, tout comme l'impact que semblait avoir sa grossesse sur elle. Chaque matin, il entendait ses violents haut-le-cœur dans la salle de bains. Mais son emprise sur lui était impossible à combattre. Il finirait par exploser s'il ne lui faisait pas l'amour bientôt. Cette absence totale de contrôle sur sa libido commençait à l'inquiéter.

Il ne voulait pas la brusquer, ni la fatiguer davantage. Ce soir, pourtant… Elle était absolument radieuse. Plus il essayait de garder ses distances, plus le manque aiguisait son désir. Lui faire porter sa bague n'était pas suffisant. Il devait officialiser les choses. Faire d'elle sa femme devant la loi.

— Votre fiancée est ravissante, monsieur Khan.

Raif s'arracha à la contemplation de la poitrine de Kasia. Son interlocuteur, un financier suisse, l'observait avec un sourire entendu. Un vif embarras envahit Raif. Le vieil homme l'avait surpris en train de lorgner sa propre fiancée alors qu'ils étaient censés discuter de… De quoi, déjà ?

— Et intelligente, ajouta-t-il. Elle démontre une connaissance pointue des défis agricoles de votre pays. Elle fera une excellente épouse. Quand est prévu le mariage ?

Bonne question.

— Bientôt, éluda Raif.

Un serveur passa près d'eux avec un plateau de cocktails colorés. Raif buvait rarement. Cela ne faisait pas partie de sa culture et il détestait la façon dont l'alcool émoussait ses sens. Mais ce soir, il attrapa un bloody mary qu'il avala d'une traite. La boisson épicée hydrata sa gorge sèche, sans pour autant apaiser sa frustration.

C'était idiot. Que faisait-il ici, habillé en pingouin à parler de la pluie et du beau temps, en laissant un imbécile né avec une cuillère en argent dans la bouche baver devant le décolleté de sa fiancée ? Il n'avait qu'une envie, arracher à Kasia cette robe provocante et sentir ses mamelons se hérisser sous sa langue. L'éviter n'était pas la solution.

— Si vous voulez bien m'excuser, Stefano…

Il prit congé du financier et se pencha vers l'oreille de la jeune femme.

— Kasia, rentrons à l'hôtel, lui chuchota-t-il en l'embrassant dans le cou.

Son parfum de jasmin étourdit ses sens. Tant pis s'il passait pour un barbare en la touchant en public. Au diable les apparences. Il n'était pas un homme civilisé, encore moins en présence de Kasia. Alors pourquoi continuer à faire semblant ? Elle était aussi sublime que captivante. Son intelligence n'avait d'égale que sa beauté. Il suffisait de l'écouter quelques minutes pour s'en apercevoir. Stefano avait raison : elle ferait une excellente princesse. Alors qu'attendait-il pour la séduire ?

Les prunelles de Kasia s'étaient assombries, à sa grande satisfaction. L'aristocrate daigna enfin détacher les yeux de ses seins pour les lever vers Raif. Son froncement de sourcils hautain et vaguement dégoûté en disait long sur ce qu'il pensait de son attitude. Raif lui adressa ce sourire sardonique qui avait intimidé plus d'un de ses adversaires dans sa brutale conquête du pouvoir chez les Kholadis.

Bas les pattes. Elle est à moi.

L'homme comprit le message et s'éclipsa sans demander son reste.

Cette victoire exacerba son besoin de la posséder. Raif avait appris à survivre et prospérer dans la jungle de la haute finance. Mais sous ses costumes impeccables se cachait toujours le garçon sauvage qu'il avait été, régi par des instincts qu'il n'avait aucune envie de dompter.

— Entendu, Raif, murmura Kasia d'une voix enrouée.

— Bien.

Saisissant sa main, il l'entraîna à travers la foule vers le hall d'entrée. L'employé du vestiaire parut mettre une éternité à leur rapporter leurs affaires. Il récupéra l'étole de Kasia et drapa son propre manteau sur les épaules de la jeune femme. Lui n'avait pas froid. Une fièvre brûlante le consumait de l'intérieur, qu'il voyait reflétée dans les yeux de Kasia. Dans la rue, il héla un taxi. Pas le temps d'attendre leur voiture.

Durant tout le trajet, il garda sa main dans la sienne. C'était sa façon de la rassurer. En dépit des apparences et du jugement des autres, il n'était pas un animal. Il se montrerait doux avec elle. Pas question pour lui de mettre le bébé ou la santé de Kasia en danger.

— Tout va bien, Raif ? demanda-t-elle dans la pénombre.

Sa voix tremblait. Mais derrière la note de doute perçait un désir qu'elle ne cherchait nullement à dissimuler. Cela flatta son ego. Malgré son appréhension, elle était là, à ses côtés, prête pour lui comme il était prêt pour elle.

— Ça ira mieux bientôt, dit-il en la dévorant avidement des yeux.

De retour à l'hôtel, ils s'engouffrèrent dans l'ascenseur. Chaque seconde qu'ils passaient dans cette maudite cabine entamait un peu plus son sang-froid. Enfin, il poussa la porte de leur suite. Kasia enleva son manteau et le déposa sur le dossier du canapé, révélant ses courbes alléchantes que moulait comme une seconde peau l'étroite robe de satin. Raif sentit l'ultime digue céder en lui.

Non, il ne pouvait plus attendre.

Kasia s'abandonna aux bras de Raif, le cœur battant. À ses mains qui caressaient son ventre et ses baisers enivrants dans son cou.

Enfin !

La bague l'avait déconcertée, de même que sa présence constante à ses côtés tout au long du gala. Elle s'était attendue à ce qu'il la délaisse au profit de ses affaires, comme il le faisait depuis quatre jours. Mais il ne l'avait pas quittée une seconde, un bras ferme noué autour de sa taille. Loin de se sentir étouffée, elle s'était complu dans son attention. Être sienne, c'était aussi être spéciale et chérie. Après l'avoir présentée comme sa fiancée, il ne s'était plus éloigné d'elle. Puis quelque chose avait changé. Alors qu'elle discutait avec un jeune aristocrate, elle avait perçu son agacement croissant. Sans doute à cause des propos insipides de son interlocuteur, avait-elle supposé. Mais lorsqu'il s'était penché à son oreille, son intonation possessive, entre arrogance et désir, avait aussitôt embrasé ses sens.

Le trajet de retour jusqu'à l'hôtel lui avait paru interminable.

Ses larges mains délaissèrent son ventre pour venir mouler ses seins, dont il taquina les pointes à travers le bustier de satin.

— Je te veux nue, susurra-t-il d'une voix hachée.

— Je sais.

Il la fit pivoter entre ses bras et baissa d'un geste fluide la fermeture Éclair. Le son se répercuta dans la pénombre de la chambre, à peine éclairée par les lumières de la rue. Une brise nocturne vint caresser sa peau lorsqu'il fit choir la robe autour de ses chevilles, mais ce n'est pas ce qui la fit frissonner. Quelques secondes après, son soutien-gorge tombait lui aussi à ses pieds. Ses doigts emprisonnèrent ses seins en même temps qu'il aspirait entre ses dents un mamelon durci. Kasia se sentit fondre sous les assauts de sa langue, submergée par le plaisir. L'averse de sensations frôlait le supplice.

Il releva la tête, les prunelles assombries de désir.

— Ils sont plus sensibles qu'avant, non ?

— Oui, balbutia-t-elle entre deux hoquets.

Avec un petit rire, il entreprit d'infliger le même traitement à son autre téton, suçant et mordillant jusqu'à la rendre folle tandis que sa main se faufilait sous sa petite culotte.

Kasia se cambra d'instinct afin d'accentuer la délicieuse pression. Les gestes de Raif se firent plus ciblés. Un doigt s'insinua en elle, pendant qu'un autre allait et venait sur son clitoris. Elle se faisait l'effet d'une poupée de chiffon, ballottée au gré de ses caresses, à la merci du plaisir qu'il lui prodiguait. Son corps s'arqua contre sa main comme l'extase l'emportait, et elle se raccrocha désespérément à ses épaules.

Juste à temps. Ses jambes se dérobèrent sous elle sous la violence de son orgasme. Raif la souleva dans ses bras et l'emporta dans la chambre, où il l'allongea avec précaution sur le lit à baldaquin. Envahie par une agréable langueur, elle le regarda se déshabiller à son tour, hypnotisée par la musculature ciselée. Par le tatouage et l'entrelacs de cicatrices. Par le duvet noir sur son ventre qui attirait inexorablement le regard vers son membre gorgé de sève.

Il s'agenouilla sur le lit. Mais au lieu de la prendre là, il positionna ses jambes sur ses épaules, puis se mit à souffler doucement sur ses plis intimes. Sa langue s'y aventura à son tour et trouva son clitoris. Seigneur, c'était si bon ! L'exquise succion lui faisait perdre la tête. D'une poigne d'acier sur ses fesses, il la maintenait contre sa bouche, de sorte qu'elle n'avait aucune échappatoire. Elle se tortillait entre ses mains, lui tirait les cheveux, le suppliait d'arrêter et de continuer à la fois. Dans un ultime *crescendo* à la limite du soutenable, elle chavira pour la seconde fois.

— S'il te plaît, Raif, viens en moi, gémit-elle à travers le brouillard de son orgasme.

Elle se sentait vide. Elle avait besoin de le sentir en elle. De le voir perdre tout contrôle, comme elle à l'instant.

Il se hissa au-dessus d'elle, les traits tendus, le regard voilé de désir, et se plaça entre ses hanches. L'extrémité de son érection appuyait déjà contre son mont de Vénus. Mais au lieu de plonger tout entier en elle d'un vigoureux coup de reins, il la pénétra lentement, centimètre par centimètre.

Trop lentement à son goût. Elle avait beau l'encourager en soulevant les hanches, rien à faire. Il continuait à son rythme mesuré. C'était à la fois grisant et incroyablement frustrant. Une plainte impatiente lui échappa. S'il ne la prenait pas là, tout de suite, elle ne répondait plus de rien.

— Raif, s'il te plaît…

— Patience. Je dois prendre mon temps.

— Mais pourquoi ?

La même frustration sous-tendait sa voix, presque réduite à un grognement. Alors qu'attendait-il ?

— Je ne veux pas faire mal au bébé.

Quoi ? C'était si inattendu que Kasia crut avoir mal compris. Le corps en sueur de Raif était tendu à l'extrême, au bord de l'implosion.

— Tu es si étroite, et je ne suis pas petit.

— Oh ! Raif…

Une intense émotion lui étreignit la poitrine. C'était donc pour cela qu'il se contrôlait, prêt à tout pour les protéger, elle et le bébé, quitte à brider ses instincts et les rendre fous tous les deux.

— Le bébé ne risque rien, le rassura-t-elle. À ce stade, il n'est pas plus gros qu'une cacahuète.

— Tu en es sûre ?

— Oui !

Elle prit son visage entre ses mains et l'obligea à la regarder dans les yeux.

— S'il te plaît, Raif, donne-nous ce que nous voulons tous les deux.

Elle vit le moment où ses dernières miettes de sang-froid s'évanouirent. Agrippant ses hanches, il plongea en elle jusqu'à l'emplir tout entière. Quelques minutes après, elle s'envolait au septième ciel tandis qu'il accélérait le tempo jusqu'à la délivrance finale. Dans un cri guttural, il la rejoignit dans la jouissance, et ils succombèrent ensemble aux vagues de plaisir successives qui déferlaient en eux.

À bout de forces, Kasia ferma les yeux, blottie dans les bras de Raif. Contre son dos cognait son cœur, dont les battements retrouvaient peu à peu un rythme régulier. Le sien, lui, menaçait d'éclater dans sa poitrine. Et alors qu'elle sombrait dans le sommeil, elle sut avec certitude qu'elle ne serait plus jamais la même.

17.

Kasia trouva le lit vide à son réveil, le lendemain matin. Une profonde déception l'envahit, aussitôt chassée par une violente nausée. Dix minutes plus tard, elle ressortait de la salle de bains, l'estomac et l'esprit apaisés. Elle ne devait pas se décourager. Raif et elle avaient fait un grand bond en avant. Le sexe avait été fabuleux, bien sûr, mais c'étaient surtout les fiançailles qui lui donnaient de l'espoir. Peut-être l'intimité d'un réveil à deux mettait-elle simplement Raif mal à l'aise. Quoi qu'il en soit, elle déplacerait ses affaires dans sa chambre sans lui demander la permission. Et lui soumettrait une suggestion pour leur séjour à New York.

Son humeur s'allégea lorsqu'elle découvrit Raif assis à la table du petit déjeuner sur le balcon, plongé dans la lecture de son journal. Il le posa de côté et fronça des sourcils inquiets en la voyant. Le cœur de Kasia fit un salto dans sa poitrine. Ses mots de la nuit lui revinrent avec force.

« Je ne veux pas faire mal au bébé. »

Était-ce pour cela qu'il avait gardé ses distances ? Pas par peur de l'intimité, mais parce qu'il craignait pour sa santé et celle du bébé ? Pourquoi n'y avait-elle pas pensé plus tôt ? Cette grossesse était nouvelle pour lui aussi. Sans doute se posait-il autant de questions qu'elle.

— Comment te sens-tu ? demanda-t-il. Ne ferais-tu pas mieux de rester au lit ?

— Je vais très bien.

C'était la vérité. Elle se sentait pleine d'énergie, ce matin. Même l'arôme de son café ne lui retournait pas l'estomac.

Spontanément, il l'aida à s'asseoir.

— Tu en es sûre ? Tes nausées sont quand même très sévères…

Il l'avait donc entendue tous les matins. Et il se faisait du souci pour elle. Son cœur s'emballa un peu plus, surtout lorsqu'il ajouta :

— Tu ne crois pas que nos… activités de la nuit aient pu aggraver ton état ?

Mon Dieu, il était tellement adorable !

— Au contraire, je suis en pleine forme, déclara-t-elle. Apparemment, l'orgasme est un remède souverain contre la fatigue de la grossesse. Surtout quand il est multiple. Qui l'aurait cru ?

Un sourire sensuel incurva les lèvres de Raif. Kasia sentit des papillons s'agiter dans son ventre.

— Dans ce cas, il est de mon devoir de prendre soin de toi, n'est-ce pas ?

Le vibreur de son téléphone sur la table rompit le charme. Il consulta l'écran et fronça les sourcils.

— Tout va bien ? s'enquit-elle.

— Oui. Mais ma série de réunions à New York a été avancée.

Il s'essuya la bouche avec sa serviette et se leva.

— Tu peux rester quelques jours de plus à Paris, si tu veux.

— Non, je préfère venir avec toi, répondit-elle.

Il se pencha pour l'embrasser dans le cou.

— Je vais faire préparer nos bagages et organiser ton trajet pour l'aéroport. D'ici là, ne te fatigue pas trop, d'accord ?

Kasia flottait sur un nuage. Ce moment avait quelque chose de si délicieusement domestique. Alors qu'il commençait à s'éloigner, elle le retint par la main.

— Raif, attends… J'ai une faveur à te demander.

— Oui ?

— Est-ce que…

Elle hésita, nerveuse, tout à coup. Ce n'était pas grand-chose, mais elle y tenait et redoutait un refus.

— Est-ce que cela t'ennuierait si nous logions dans un appartement à New York, plutôt qu'à l'hôtel ?

Un pli se creusa sur le front de Raif, visiblement surpris

par sa requête, voire suspicieux. Elle se hâta de se justifier avant qu'il n'ait le temps d'objecter.

— C'est juste que j'ai envie de préparer moi-même mes repas.

Et cuisiner pour toi, ajouta-t-elle en son for intérieur, sans oser le dire tout haut. Cette nuit avait été décisive pour elle. Ils s'étaient rapprochés, et pas seulement sur le plan physique. Plus de doute : elle était en train de tomber amoureuse. C'est pourquoi elle devait avancer prudemment, en le laissant entrevoir tout ce qu'ils pouvaient construire ensemble. Ils restaient un peu plus de deux semaines à New York. Elle avait adoré visiter Paris, choyée et dorlotée comme une reine. Mais à New York, elle avait envie de prendre le temps de créer un vrai chez eux, même temporaire.

— Tu n'as pas besoin de cuisiner toi-même, objecta Raif, l'air perplexe.

— Je sais. Mais j'adore cela. Cuisiner me rappelle ma grand-mère. C'est elle qui m'a appris.

Sa grand-mère lui avait enseigné quelles épices choisir et comment jongler avec les saveurs afin de créer ses propres recettes originales. Une qualité indispensable chez une femme, estimait-elle.

Comment comptes-tu satisfaire ton mari si tu ne lui remplis pas le ventre ?

À l'époque, Kasia avait jugé dépassées les idées de sa grand-mère sur le mariage. Mais elle adorait s'initier aux arcanes de la cuisine narabienne à ses côtés. C'était à travers ces moments complices que sa grand-mère lui montrait combien elle l'aimait et était fière d'elle. Contrairement à sa mère. Ce qu'elle avait appris, aujourd'hui, elle avait envie de le partager avec Raif. Son petit doigt lui soufflait que malgré sa fortune et son statut, chez les Kholadis comme dans le monde extérieur, personne ne lui avait jamais préparé de bons petits plats. Et quoi de mieux pour vous réchauffer le cœur qu'un délicieux repas fait maison ?

C'était son cadeau, à lui qui lui avait déjà tant donné. Peut-être n'avait-elle ni argent ni pouvoir. Mais dans une cuisine, personne ne lui arrivait à la cheville.

Il haussa les épaules, et un immense soulagement l'envahit.

— Entendu. Je vais demander à mon assistant de s'en charger.

À vrai dire, elle aurait aimé choisir elle-même l'appartement. Un endroit chaleureux et intime, pas trop luxueux. Mais elle préférait ne pas lui mettre la pression. Peu importait le lieu. Ce qui comptait, c'étaient les liens et les souvenirs qu'ils y créeraient jour après jour. Cet appartement, c'était l'occasion de vivre une vraie vie conjugale, sans femmes de ménage pour nettoyer derrière eux, ni room service pour leur servir des repas tout prêts. Être juste ensemble, dans leur espace à eux, était un luxe à ses yeux, plus que n'importe quelle séance shopping avec sa carte de crédit ou n'importe quel monument visité sans lui.

Longtemps après le départ de Raif, son cœur continua à battre la chamade. Ce n'était qu'une minuscule faveur, dont il ne mesurait même pas l'importance. Mais pour elle, c'était la porte vers tellement plus. Et puis, elle n'était jamais allée à New York. Ces deux semaines s'annonçaient riches en découvertes. Elle avait hâte d'y être.

18.

— Hum, ça sent bon, ici. Qu'est-ce que tu nous prépares ?

Raif laissa choir son attaché-case dans l'entrée, ôta ses chaussures et desserra sa cravate. Il était fourbu. Toute la journée, il avait enchaîné les réunions avec un consortium mexicain, en anglais ainsi qu'en espagnol, langue qu'il ne maîtrisait pas encore totalement. Mais sa fatigue s'envola à la seconde où il aperçut Kasia dans la cuisine, occupée à remuer quelque chose dans une poêle, ses cheveux maintenus en arrière par un bandana coloré. Un éclair de désir le traversa lorsqu'elle lui sourit. Autre chose, aussi. L'envie de la retrouver, d'être avec elle.

Kasia aux fourneaux était devenue une vision familière depuis leur arrivée à New York une semaine plus tôt, où son assistant leur avait trouvé cet appartement. La requête de Kasia l'avait d'abord déconcerté. Il descendait toujours au Plaza quand il venait à New York et n'avait jamais ressenti le besoin de changer ses habitudes. D'ailleurs, cela le contrariait que Kasia soit obligée de cuisiner. Moins, cependant, que ses excursions quotidiennes dans les divers marchés locaux en quête d'épices et d'ingrédients. Mais il avait dû ravaler ses objections, car cuisiner lui faisait tellement plaisir. Et il aimait la voir heureuse.

Force lui était de reconnaître que ses plats, mélange éclectique de saveurs explorant l'Afrique et le Moyen-Orient, étaient les plus savoureux qu'il ait jamais goûtés. À tel point qu'il avait quasi regagné tous ses kilos perdus durant sa convalescence au palais Doré.

— Sarma, moutabal et houmous en entrée, annonça-t-elle

fièrement. Puis tagine d'agneau accompagné de sa purée d'ail et d'une salade arménienne. J'espère que tu as faim. Le pain vient d'une formidable boulangerie libanaise que j'ai dénichée à Tribeca.

Glissant les pitas dans le grille-pain, elle sortit du frigo un plateau d'appétissants mets multicolores.

— Ne me dis pas que tu es allée à pied jusqu'à Tribeca, gronda-t-il.

Il l'avait déjà réprimandée sur son refus d'utiliser la voiture avec chauffeur.

— D'accord, je ne te le dis pas, repartit-elle d'un ton charmeur.

Difficile de rester fâché contre elle quand elle agissait ainsi. Même si elle lui avait expressément désobéi.

— Kasia, tu dois cesser de courir dans tous les sens, insista-t-il avec fermeté.

Ses nausées matinales persistaient, régulières comme une horloge. Il savait que sa fatigue la rattrapait dans l'après-midi. La veille, il était rentré entre deux réunions afin de lui faire la surprise, seulement pour la trouver profondément endormie.

— Surtout pour me faire à manger…

— Mais j'aime tellement te faire la cuisine, protesta-t-elle avec une spontanéité désarmante. Tribeca n'est pas si loin. Et puis, j'ai fait une sieste cet après-midi. Je ne suis pas fatiguée. Regarde-moi ce pain, il ne te met pas l'eau à la bouche ?

Elle désigna une concoction d'aubergines grillées sur le plateau, comme pour le distraire.

— Il accompagnera à merveille le moutabal. Un charmant monsieur libanais au marché m'a expliqué comment le préparer.

— Je ne veux pas que tu parles à des inconnus. Surtout des hommes, la tança-t-il, contrarié.

— Il avait dans les quatre-vingt-dix ans, le rabroua-t-elle avec cet esprit rebelle qui l'envoûtait depuis le premier jour.

Elle extirpa les pitas du grille-pain et les hacha de quelques coups de couteau habiles, avant de les saupoudrer d'herbes aromatiques.

— Essaie plutôt ça. Tu m'en diras des nouvelles.

Il goûta le mets qu'elle lui tendait, et un feu d'artifice de saveurs explosa sur son palais. Citron, ail et sésame se mariaient à la perfection à l'arôme fumé de l'aubergine grillée. Un murmure appréciateur passa ses lèvres.

— Alors ? le pressa la jeune femme, dans l'expectative.

— Succulent, reconnut Raif.

— Assieds-toi et teste les autres plats pendant que je termine la purée d'ail.

Il obéit et s'assit sur un tabouret de l'autre côté du bar, comme il en avait pris l'habitude cette dernière semaine. Il la questionnait sur l'avancée de ses recherches, désormais financées par Kholadi Corporation. À son tour, elle l'interrogeait sur sa journée, puis lui parlait de la sienne, qui consistait généralement à se lier d'amitié avec de parfaits inconnus et marcher des kilomètres malgré ses mises en garde répétées. Mais difficile de la réprimander alors qu'elle semblait tellement s'amuser.

Kasia, découvrait-il, était une femme sociable qui adorait rencontrer des gens et explorer de nouveaux endroits. Ses anecdotes l'enchantaient, mais le troublaient aussi. Comment pouvait-on être si confiant en la nature humaine ? Si dénué de cynisme ? Cette question lui donnait vaguement mauvaise conscience. Après tout, il planifiait bien d'user de cette ingénuité afin de l'inciter à accepter sa proposition de mariage.

D'ordinaire, il aimait l'écouter raconter ses histoires. Elle était une conteuse hors pair, capable de donner vie au détail le plus insignifiant. Son ouverture d'esprit le fascinait. Il était fier de cette aisance innée qu'elle manifestait dans n'importe quelle situation sociale. Une preuve supplémentaire qu'elle ferait une excellente princesse pour les Kholadis. Son honnêteté et sa capacité d'écoute lui permettaient de s'intégrer partout. Les gens gravitaient naturellement autour d'elle. Lui-même ne faisait pas exception.

Mais alors qu'elle évoquait ce vieux Libanais qui lui avait tant rappelé sa grand-mère, la question en suspens sur ses lèvres depuis plusieurs jours jaillit sans crier gare :

— Kasia, comment as-tu perdu tes parents ?

Sa main se figea en l'air, interrompant son geste. Une

ombre passa sur les traits de la jeune femme, suivie par un sourire résigné.

— Ce sont plutôt eux qui m'ont perdue…

La tristesse dans ses yeux lui vrilla le cœur. Peut-être valait-il mieux en rester là. Exhumer le passé de Kasia, c'était prendre le risque de trop s'impliquer émotionnellement, au point d'hésiter à retourner sa naïveté contre elle pour parvenir à ses fins. Pour son enfant. Son pays. *Pour lui-même.*

De nouveau, la question lui échappa malgré lui :

— Comment t'ont-ils perdue ?

Le cœur de Kasia se mit à battre la chamade. C'était la première fois qu'il l'interrogeait sur son passé. Il semblait mal à l'aise, mais le fait qu'il veuille en savoir plus était un autre pas en avant, après tous les progrès qu'ils avaient déjà accomplis dans la semaine. L'appartement de Gramercy loué par son assistant était plus luxueux que ce qu'elle-même aurait choisi : quatre chambres, une terrasse de toit, un style ultramoderne tout droit sorti des pages d'un magazine de design. Mais la cuisine était fantastique et elle n'avait pas mis longtemps à transformer les lieux en petit nid douillet.

Cela ne faisait qu'une semaine qu'ils étaient là et ils avaient déjà trouvé leurs marques, entre sexe torride la nuit et dîners complices en tête à tête. Raif se délectait de ses petits plats et lui parlait de son travail, tout en s'intéressant à ses recherches. Il ne s'était cependant jamais aventuré sur le terrain personnel. Jusqu'à ce soir. Si une part d'elle s'en réjouissait, une autre répugnait à revenir sur cette période de sa vie. Elle s'obligea à prendre sur elle. Ils devaient être capables d'évoquer avec franchise qui ils étaient et d'où ils venaient. Lui-même s'était confié à elle sur son enfance. Pourquoi devrait-elle avoir honte d'en faire autant ?

— Je n'ai jamais su qui était mon père, expliqua-t-elle. Ma mère est allée travailler aux mines de Kallah avec d'autres filles et en est revenue enceinte. D'un mineur français, selon elle.

— Toi aussi, tu es une enfant illégitime ? murmura Raif.

La panique tordit les entrailles de Kasia.

— Oui… Est-ce un problème ?

— Que veux-tu dire ?

— Peut-être n'as-tu pas envie d'une princesse née dans ces circonstances, clarifia-t-elle, la gorge nouée.

Raif arqua un sourcil, avant de partir d'un grand rire.

— Les Kholadis ont un bâtard pour chef. Me prends-tu pour un hypocrite ?

— Non, pas du tout.

Elle sourit. Pourquoi se sentait-elle aussi timide, tout à coup ? Raif plongea un morceau de pita dans la moutabal et l'encouragea à continuer.

— Quand ta mère est-elle morte ?

Elle secoua la tête. Cette partie-là était plus difficile.

— Pour autant que je sache, elle est toujours en vie. Quand j'avais quatre ans, elle en a simplement eu assez de vivre dans la honte d'être mère célibataire. Elle m'a laissée chez ma grand-mère et n'est plus jamais revenue.

Raif la dévisagea un moment, puis jura en kholadi. Il traça du pouce la courbe de sa joue, la colère si vive dans son regard qu'il lui semblait que c'était son cœur qu'il caressait.

— Ta mère était une imbécile.

Kasia avait passé sa vie à se convaincre qu'elle n'avait besoin de l'approbation de personne. Que les choix de sa mère n'étaient pas les siens. Alors pourquoi le soutien de Raif la touchait-il autant ? Les larmes ruisselèrent librement sur ses joues. Une peur qu'elle ignorait avoir, celle d'être aussi faillible que sa mère face à sa propre maternité, cette peur-là s'envola sous le regard bienveillant de Raif.

— Désolé. Je ne voulais pas te faire pleurer, murmura-t-il en faisant mine de retirer sa main.

Elle la retint en la pressant contre sa joue et s'abandonna à cette douce caresse.

— Ne t'excuse pas, dit-elle. Ce ne sont pas des larmes de tristesse.

— Tant mieux.

Le cœur de Kasia débordait de joie. Raif avait beau être un homme ombrageux, arrogant et surprotecteur, c'était avant tout quelqu'un de bien.

— J'ai envie de te faire l'amour, souffla-t-il. Le dîner peut-il attendre ?

Kasia hocha la tête, remuée par l'intensité de son regard. La purée d'ail serait froide, mais tant pis.

Raif la transporta dans la chambre et en deux temps trois mouvements, ils se retrouvèrent nus l'un contre l'autre. C'étaient les hormones qui la rendaient si émotive, se persuada-t-elle tandis qu'il l'étreignait tendrement. Son monde vola en éclats une première fois par la seule maestria de sa langue. Puis il plongea en elle pour les emmener tous deux vers la plus intime des unions. Kasia se raccrochait à lui, cherchant désespérément à contenir son trop-plein d'émotions. Mais lorsque le plaisir la déchira enfin dans un éclair aveuglant, son corps s'envola aux confins de la stratosphère, et son cœur suivit.

Le dîner se révélait encore meilleur savouré au lit. Raif lui faisait avaler des morceaux de tajine avec les doigts, puis léchait la sauce sur son menton. Kasia gloussait comme une adolescente, le cœur plus léger que jamais.

Soudain, Raif redevint sérieux. Son regard perdit cet éclat espiègle auquel elle s'était tant attachée dans la semaine.

— Je dois rentrer en Kholadi dans quatre jours, annonça-t-il. Le clan établit un nouveau campement et je dois être là. J'y resterai un mois, peut-être plus.

Kasia hocha la tête. Un vide s'insinua dans sa poitrine à l'idée que leurs merveilleuses vacances s'achèvent plus tôt que prévu.

— Je n'ai pas envie de te laisser, continua-t-il. Je veux que tu m'accompagnes. Sois ma princesse, Kasia.

Son cœur manqua un battement. C'était encore trop tôt pour un tel engagement. Elle n'avait aucune garantie que ses sentiments soient réciproques, ou qu'ils le deviennent un jour. Et son amour pour lui était encore si neuf…

— Veux-tu m'épouser ? demanda Raif.

Comment résister à l'espoir dans ses yeux bruns, parfait miroir du sien ? Elle n'avait pas envie d'être séparée de lui pendant un mois. Il était le père de son enfant. Quel mal y avait-il à offrir une chance à leur amour ?

Alors elle lui donna la seule réponse dont elle était capable.

— Oui, murmura-t-elle. J'accepte de devenir ta femme.

19.

Kasia n'eut pas le temps d'avoir des doutes quant à sa décision dans les jours suivants. Tout alla si vite ! Ensemble, ils convinrent d'une suspension provisoire de sa thèse jusqu'à la naissance du bébé. Mais Raif tenait à financer des recherches complémentaires lorsqu'ils seraient en Kholadi, car son travail pouvait grandement bénéficier à son peuple. *Leur* peuple.

Pendant qu'il réglait ses dernières affaires à Manhattan, Kasia multiplia les lectures sur les Kholadis. Pas question d'arriver là-bas aussi ignorante de leur mode de vie que lors de sa première nuit avec Raif. Une licence leur fut accordée à la mairie deux jours avant leur départ. Ils se marièrent le lendemain sur le toit-terrasse de leur appartement de Gramercy, en présence de l'assistant de Raif et de la gérante de l'immeuble, avec qui Kasia était devenue amie, dans le rôle des témoins.

Le soir même, elle appela Cat afin de tout lui raconter. Son amie poussa des cris de joie en apprenant la nouvelle, tout en la réprimandant d'avoir gardé le secret si longtemps.

— Je n'arrive pas à croire que tu sois enceinte et mariée. Dire que je n'ai même pas été invitée au mariage ! Attends-toi à ce que Kaliah te fasse la tête. Elle rêvait d'être ta demoiselle d'honneur depuis ses deux ans. Et Zane qui espérait te conduire à l'autel après une discussion d'homme à homme avec ton futur mari…

Kasia souriait encore après avoir raccroché. Quelle idiote d'avoir attendu après le mariage pour tout avouer à Cat ! Ses inquiétudes lui paraissaient si absurdes, à présent. Cat et Zane étaient ses amis. Bien sûr qu'ils se réjouissaient pour elle. Pourquoi ne donneraient-ils pas leur bénédiction à son mariage ?

Parce qu'ils savent que Raif n'est pas amoureux de toi.

Elle chassa au loin cette pensée. Cat lui avait seulement demandé si elle aimait Raif. Elle n'avait donc pas eu à mentir. Quant à Raif, peut-être n'était-il pas amoureux d'elle pour l'instant, mais il se montrait très protecteur dans son rôle de mari. Il avait même insisté pour qu'ils fassent un détour par Londres avant de rentrer à Narabia, afin de consulter un spécialiste au sujet de ses nausées. Elle avait eu beau lui assurer que c'était parfaitement normal pour une femme enceinte d'être malade et fatiguée, tout en lui rappelant qu'il existait d'excellentes cliniques à Narabia, il n'avait rien voulu entendre.

C'est ainsi qu'elle se retrouvait assise avec lui dans l'élégant cabinet géorgien d'un des meilleurs obstétriciens de Londres, moins d'une heure après leur atterrissage sur le sol britannique.

— Bien, madame Khan…

Madame Khan !

Le Dr Siddiqui lui sourit avec bienveillance.

— J'ai étudié votre dossier envoyé par votre médecin de Cambridge, ainsi que les résultats de vos tests sanguins. Tout va bien, excepté une légère anémie. Je vais vous prescrire un peu de fer. D'après votre mari, vous souffrez d'intense fatigue et de nausées prononcées ?

— Je suis sûre que ce n'est rien d'inhabituel, protesta Kasia.

— Kasia, tu vomis et te recouches tous les matins, intervint Raif avec une inquiétude palpable. Ce n'est pas normal, n'est-ce pas, docteur ?

— Chaque grossesse est différente, monsieur Khan, répondit le Dr Siddiqui d'un ton qui se voulait mesuré. Passons à l'échographie et nous serons fixés.

Cinq minutes plus tard, Kasia était allongée sur la table d'examen. L'obstétricienne commença à promener la sonde sur son ventre enduit de gel. Bientôt, un battement de cœur se fit entendre, comme dédoublé par l'écho, tandis qu'une image indistincte se dessinait sur l'écran. Kasia sentit les larmes lui monter aux yeux. Elle agrippa la main de Raif, la gorge nouée par l'émotion. Ses doigts se resserrèrent autour des siens comme pour la rassurer.

— Eh bien, je crois que nous tenons la source de vos maux, lança le Dr Siddiqui avec un large sourire. Félicitations, madame Khan. Vous attendez des jumeaux.

Des jumeaux ? Raif lâcha sa main.

— Il y a *deux* bébés ?

— En effet, monsieur Khan.

Elle entoura de l'index deux formes floues sur l'écran.

— Ici et ici. Vous entendez ce léger écho ? C'est parce qu'il y a en réalité deux cœurs, qui battent quasi à l'unisson.

Le médecin continua à déplacer la sonde afin de leur offrir une meilleure image de leurs bébés. Le cœur de Kasia battait à tout rompre. Elle avait toujours rêvé d'être mère. Elle était donc doublement comblée. Quel plus beau cadeau pouvait-elle espérer ?

Mais alors qu'elle bombardait la praticienne de questions, Raif, lui, demeurait étrangement silencieux. Le Dr Siddiqui se montra à la fois pragmatique et rassurante. Les bébés étaient certes un peu gros pour leur âge, et des jumeaux occasionnaient toujours un plus grand choc hormonal chez la mère. Mais Kasia était solide et en bonne santé. Tout irait mieux dès que son corps se serait habitué à ce qui lui arrivait, assura-t-elle. Raif ne semblait guère convaincu.

— Tout va bien ? lui demanda Kasia un peu plus tard dans la voiture.

Il ne répondit pas. Sans doute ne l'avait-il même pas entendue, perdu dans ses pensées, le corps rigide de tension. Ils dormaient à Cambridge cette nuit, afin qu'elle puisse terminer l'emballage de ses affaires. Demain soir, ils s'envoleraient pour Narabia où ils rendraient visite à Cat, Zane et leurs enfants, avant de gagner le campement kholadi dans le désert. Là-bas s'organisaient déjà les préparatifs d'une grande cérémonie royale. Leur mariage, lui avait appris Raif, n'était pas légal en Kholadi tant qu'ils n'avaient pas prononcé leurs vœux devant leur peuple.

— Raif, quelque chose ne va pas ? insista-t-elle. Es-tu contrarié que j'attende des jumeaux ?

Raif cilla et se tourna vers elle.

— Non, pas du tout, assura-t-il.

Mais sa mâchoire était si crispée que c'était un miracle qu'elle ne se soit pas encore décrochée. La réserve dans ses yeux lui rappelait l'homme rencontré dans le désert. Celui qui avait souffert en silence après s'être fait tirer dessus. Raif s'était tellement ouvert, ces trois dernières semaines. Il lui avait dévoilé une facette plus douce de sa personnalité, plus décontractée. Elle avait adoré découvrir cet homme-là. Alors pourquoi avait-elle la désagréable sensation de l'avoir perdu ?

Arrête de tout voir en noir !

Ce devait être le choc, décida-t-elle. Apprendre que l'on attendait deux bébés au lieu d'un n'était pas rien.

— Comment te sens-tu ? demanda Raif en la dévisageant avec attention.

— En pleine forme, répondit-elle pour le tranquilliser.

À vrai dire, la fatigue commençait à la rattraper. Et avec elle, ses doutes concernant sa maternité prochaine. Elle avait beau être folle de joie à l'idée de devenir mère, élever deux enfants ne s'annonçait pas de tout repos. De nombreuses épreuves les attendaient. Mais Kasia s'efforçait de rester positive. Quoi qu'il arrive, rien ne l'inciterait jamais à abandonner son enfant comme sa mère l'avait fait.

— Ne me mens pas, la sermonna Raif, toujours aussi perspicace. Viens t'asseoir près de moi.

Il déboucla sa ceinture et elle se blottit contre lui tandis qu'il enroulait un bras autour de ses épaules. Ses angoisses se dissipèrent peu à peu. Ses paupières étaient si lourdes qu'elles se fermaient d'elles-mêmes.

— Repose-toi, l'encouragea-t-il en l'embrassant sur le front.

Bercée par les battements de son cœur contre son oreille, Kasia ne tarda pas à s'endormir.

Ils arrivèrent à Cambridge à la nuit tombée. Après un dîner léger dans le salon de leur suite, Raif la porta jusqu'à la chambre, la déshabilla et la coucha, en ayant soin de lui faire avaler un comprimé de fer prescrit par le Dr Siddiqui.

Kasia était si épuisée qu'elle pouvait à peine lever les bras. Aucune chance de le convaincre de la rejoindre au lit dans son état…

Lorsqu'il déposa un baiser sur son front, elle crut l'entendre murmurer « désolé ».

Encore un tour de son imagination. Il était son mari et le père de ses enfants. Demain, ils rentreraient ensemble à Narabia. Puis elle deviendrait sa princesse devant tout son peuple réuni. Un sourire flottait sur ses lèvres alors qu'elle sombrait peu à peu dans le sommeil.

De quoi pourrait-il bien être désolé ?

20.

Chère Kasia,

Je suis rentré en Kholadi. Le désert n'est pas un endroit pour toi dans ton état. J'ai donc acheté une propriété à Cambridge, où tu logeras durant les mois à venir.

La connexion Internet laisse à désirer dans le royaume. Mais j'essaierai de te contacter dès que possible.

M. Walmsley a été informé que ta thèse ainsi que tes nouvelles recherches seront intégralement financées par la donation Khan accordée à l'université.

R

Kasia se mordit la lèvre jusqu'au sang pour refouler ses sanglots. Elle se remettait tout juste de sa nausée quotidienne, sans vraiment s'inquiéter de l'absence de Raif, quand un coup avait retenti à la porte. Son assistant lui avait remis une enveloppe couleur crème avec son nom dessus. L'écriture était celle de Raif. Elle n'avait même pas remarqué que toutes ses affaires avaient disparu avant de lire la lettre qu'il lui adressait.

Non, pas une lettre. Des instructions. Froides et concises, sans la moindre trace d'émotion.

Le choc l'avait abasourdie. Comment le Raif qui l'avait mise au lit si tendrement la veille avait-il pu écrire un tel mot ? Planifiait-il déjà alors de l'abandonner ? La colère prenait maintenant le dessus. Comment osait-il la laisser ici ? Pourquoi ne pas en avoir discuté avec elle ? N'avait-elle pas le droit de décider où et comment elle vivait sa vie ? Mais derrière les questions pointait une amère sensation de déjà-vu. Sans crier gare, elle se voyait projetée dans une époque de sa vie dont elle avait mis des années à guérir. La grossesse, le mariage précipité, les jumeaux… Et maintenant, cela. C'était une véritable avalanche qui lui tombait dessus, et toutes ses angoisses jaillissaient à la surface avec la violence d'une éruption volcanique.

Ne t'inquiète pas, ma puce. Ta maman revient bientôt, lui avait promis sa grand-mère.

Kasia avait attendu et attendu. En vain. Il ne pouvait y avoir qu'une seule raison à cela : sa mère ne l'aimait pas assez – si elle l'avait jamais aimée. Aujourd'hui, Kasia redevenait cette petite fille insignifiante, délaissée sans un regard en arrière.

Au bord des larmes, elle composa le numéro de Cat. La voix inquiète de son amie résonna à son oreille.

— Kasia ? Que se passe-t-il ?

— Désolée de t'appeler si tôt, hoqueta Kasia.

Le jour se levait à peine à Narabia, réalisait-elle avec un temps de retard.

— Kasia, quelque chose ne va pas ? Que t'arrive-t-il ?

— Il m'a quittée, Cat. Il ne veut pas de moi. Je savais qu'il n'était pas amoureux, mais…

La fin de sa phrase se perdit dans une déferlante de sanglots. Impossible de les retenir plus longtemps. Elle s'affala par terre contre le lit et donna libre cours à sa tristesse, si profonde qu'il lui semblait ne jamais devoir s'en remettre.

C'est fini. Il ne reviendra pas. Il a honte de moi, exactement comme ma mère. Honte de me présenter à son peuple. Qu'ai-je fait de mal ? Que dois-je changer pour qu'il m'aime et me garde auprès de lui ?

Elle enroula ses bras autour de ses genoux, le téléphone plaqué contre son oreille. La vanne était ouverte. Elle pleurait et pleurait à en suffoquer, incapable de s'arrêter.

— Calme-toi, Kaz, s'il te plaît… Respire…

La voix de son amie lui parvenait comme de très loin. Peu à peu, ses sanglots se muèrent en hoquets, avant de mourir complètement. Elle était si épuisée qu'elle n'avait même plus la force de pleurer. Ou peut-être avait-elle tari toutes les larmes de son corps.

— Kaz, tu es toujours là ?

— Oui, murmura-t-elle.

Elle n'avait pas sombré dans un gouffre sans fond. C'était déjà cela.

— Bon. Je veux que tu m'expliques exactement ce qui s'est passé, d'accord ?

Une voix ensommeillée lui parvint en fond, à l'autre bout du fil. Génial. Elle avait réveillé le cheikh. Elle allait s'excuser quand elle entendit Cat chuchoter à son mari :

— Ton frère a fait pleurer Kasia en se conduisant comme un mufle. La prochaine fois que je le vois, c'est moi qui lui tire dessus.

— S'il lui a fait du mal, à elle l'honneur, grommela Zane. Mais qu'elle évite de l'achever. Il a un enfant à élever.

Cet échange pince-sans-rire entre ses deux amis agit tel un remède miracle sur Kasia. Elle posa une main sur son ventre où grandissaient ses enfants. *Leurs* enfants, à elle et Raif. Un nouvel espoir prit vie dans sa poitrine. Elle avait déjà été abandonnée une fois. L'expérience lui avait appris la résilience. Oh ! elle en voulait à Raif. Son attitude était idiote et cruelle. Pas un instant il n'avait daigné prendre en compte ses sentiments, ni même son avis. Mais elle était une adulte, aujourd'hui, sur le point de devenir mère. Baisser les bras et broyer du noir n'étaient plus une option. Elle surmonterait cette épreuve comme elle l'avait fait auparavant.

Ragaillardie, elle lut à Cat le mot laissé par Raif. La réponse de Cat fut sans équivoque.

— C'est ridicule, Kaz. Il ne peut pas prendre ce genre de décision sans t'en parler. La communication est essentielle au sein d'un couple. Quand deux personnes s'aiment…

— Il n'est pas amoureux de moi, Cat, l'interrompit Kasia.

L'admettre tout haut était blessant et humiliant. Mais elle devait regarder la réalité en face. Elle aussi avait commis des erreurs. Toute à sa joie d'être enceinte, elle s'était laissé aveugler par son optimisme. Le Raif qu'elle avait découvert ces dernières semaines l'avait tellement conquise que son cœur avait pris le pas sur sa raison. Elle s'était jetée à corps perdu dans ce mariage, sans aucune garantie qu'il lui retourne ses sentiments.

— Je doute qu'il m'aime un jour, ajouta-t-elle d'une voix faible.

Son amie poussa un soupir.

— Comment peux-tu le savoir ?

— Il m'a clairement fait comprendre qu'il ne croyait pas en l'amour, murmura Kasia. Tu sais quelle enfance il a eue. Zane a dû t'en parler. Je savais que son passé l'avait rendu cynique au point de ne plus faire confiance à personne, mais…

Elle secoua la tête, les larmes aux yeux.

— Je voulais quand même y croire. C'est pour cela que j'ai accepté de l'épouser. Mais s'il refuse de vivre avec moi, quelle chance nous reste-t-il ?

— Kaz, je peux me tromper, mais le mot de Raif ne me semble pas aussi définitif que tu le dis, analysa Cat. C'est un homme et un prince. Il aime tout contrôler. Alors il prend les décisions pour vous deux, sans forcément savoir ce qui est le mieux. Lui as-tu dit que tu l'aimais ?

— Non…

C'est vrai. Elle n'avait jamais abordé ouvertement la question de leurs sentiments, qu'il s'agisse des siens ou de ceux de Raif. Quel droit avait-elle de lui reprocher son manque de communication alors qu'elle n'avait pas davantage su lui parler ?

— Je pensais qu'avec le temps l'amour s'installerait entre nous, se justifia-t-elle. J'étais heureuse avec lui à Paris et à New York, et je crois que lui aussi. Je suis tombée amoureuse, mais je ne voulais pas faire pression sur lui avec une déclaration trop prématurée.

— Eh bien, il est temps de le mettre au pied du mur. Comment savoir où vous en êtes, sinon ? Pour lui comme pour toi ?

— Je ne suis pas sûre d'en avoir le courage, admit Kasia d'une petite voix. J'ai peur d'essuyer un autre rejet. Et si je ne m'en relevais pas ?

— Tu es forte, Kasia. Plus que tu ne l'imagines, affirma

Cat. Tu as surmonté l'abandon de ta mère alors que tu avais à peine quatre ans. Tu ne vas quand même pas attendre sagement à Cambridge que monsieur daigne te contacter ? Il serait temps qu'il cesse de se comporter en dictateur !

Le soutien sans faille de son amie fit sourire Kasia. S'il y avait bien quelqu'un sur qui elle pouvait compter, c'était Cat. Comme elle lui enviait son assurance et son courage !

Elle caressa son ventre d'un geste maternel. Si elle ne le faisait pas pour elle, qu'elle le fasse pour ses enfants. Ils méritaient un meilleur départ dans la vie que celui qu'elle et Raif avaient eu. Elle voulait qu'ils grandissent au sein d'un foyer uni, entourés d'amour. Ne leur devait-elle pas de se battre pour leur donner cette chance ?

Oui, elle trouverait le courage de rejoindre Raif dans le désert, où elle n'avait pas sa place, avait-il décidé. Elle défierait ses ordres et lui dirait ce qu'elle ressentait vraiment. Et ce qu'elle attendait de lui. Et si elle échouait… Non, s'*ils* échouaient, elle aurait au moins la consolation d'avoir essayé. Quoi qu'il arrive, elle survivrait et irait de l'avant.

Pour ses enfants.

Pour elle aussi.

21.

— Chef Khan, un émissaire vient d'arriver du palais Doré. Le cheikh sera là d'une minute à l'autre.

Raif, à genoux dans le sable, lâcha sa pelle et se redressa. Lui et un groupe de ses hommes creusaient un puits pour leur nouveau campement. Le dur labeur physique l'avait aidé à tenir le coup en lui offrant une distraction bienvenue, depuis qu'il avait laissé sa femme endormie à des milliers de kilomètres de là.

L'arrivée de Zane, cependant, le plongeait dans la plus grande confusion. Depuis quand venait-il chez lui en visite officielle sans l'en informer au préalable ? Leur contact le plus récent remontait à une semaine. Un bref texto de Zane le félicitant pour son mariage et la grossesse de Kasia. Mais cela, c'était avant leur consultation chez l'obstétricienne, où ses craintes pour la santé de sa femme l'avaient poussé à une décision radicale.

Depuis, le manque le rongeait de l'intérieur. C'était absurde. Comment pouvait-on perdre quelqu'un qu'on n'avait jamais possédé ? Kasia ne lui appartenait pas. Elle l'avait épousé par devoir, parce qu'elles portaient ses enfants. Et il la remerciait en mettant sa vie en danger !

En quoi était-il différent de son père ? Un homme qui se servait des femmes pour son seul plaisir sans se soucier des conséquences… Aveuglé par son désir, il avait planté non pas un, mais deux bébés dans le corps fragile de Kasia. Le médecin avait bien dit qu'ils étaient trop gros. Il avait tué sa mère en venant au monde. Et aujourd'hui, la tragédie menaçait de se répéter.

Il se rinça les cheveux et le torse en hâte à l'aide d'un seau d'eau. Cette visite inopinée de Zane le contrariait. Qu'il ne s'attende pas à être reçu en grande pompe en arrivant sans prévenir. Soudain, une sueur froide lui coula entre les omoplates. Pour quelle raison Zane ferait-il le déplacement, si ce n'est parce qu'il y avait un problème grave ?

Avec Kasia.

Zane avait-il reçu des nouvelles de sa femme ? Lâchant le seau, il se rua comme un fou vers l'entrée du campement. Son cœur cognait à tout rompre. La panique lui tordait les entrailles à le rendre malade. Il avait laissé Kasia à Cambridge pour son bien. Mais comment pouvait-elle être en sécurité alors qu'il l'avait lui-même mise en danger ?

Une troupe d'une vingtaine de cavaliers se détacha au sommet de la dune la plus proche. Raif repéra Zane en tête, montant fièrement son cheval Pégase. À ses côtés chevauchait une femme en tenue traditionnelle narabienne. Catherine, certainement. Zane se présentait accompagné de sa reine, la meilleure amie de Kasia. C'était mauvais signe.

Faites qu'elle aille bien, pria-t-il avec ferveur. *Je ne la toucherai plus jamais, promis.*

La troupe s'élança sur la pente de la dune. C'est la cavalière qui arriva la première au campement. Elle s'immobilisa à quelques mètres de lui et retira le keffieh masquant son visage. Une masse de boucles noires cascada sur ses frêles épaules, en même temps qu'une fragrance familière d'épices et de jasmin embaumait l'air. *Sa* femme. *Sa* princesse. Pas Catherine… Kasia. Celle dont le visage hantait ses nuits. Rêvait-il éveillé ? Il l'avait laissée à Cambridge pour la protéger. Comment pouvait-elle être ici, devant lui ?

Il la contempla en silence, incapable de bouger. Une émotion d'une rare intensité le clouait sur place. Il reconnaîtrait entre mille ces grands yeux aux reflets d'ambre. Ces lèvres charnues, pincées en une ligne déterminée.

— Kasia, c'est bien toi ? murmura-t-il, peinant à y croire.

— Oui, Raif, c'est moi. Tu veux bien m'aider à descendre ? Le voyage a été long.

Le son de sa voix le sortit de sa transe. Il fut auprès d'elle avant même de s'en rendre compte, les mains de chaque côté de sa taille. Prenant appui sur ses épaules, elle sauta à bas du cheval et il la serra contre lui.

— Comment te sens-tu ? Comment vont les bébés ? demanda-t-il, tenaillé par l'angoisse.

— Je vais bien, Raif. Je suis juste un peu fatiguée.

Elle était là, bien réelle entre ses bras. Un profond soulagement l'envahit, bientôt supplanté par une rage sourde. Sa femme avait chevauché deux jours à travers le désert au mépris de ses ordres. Elle s'était mise en grand danger. Et son frère l'avait laissée faire. Pis, il l'avait escortée !

Justement, Zane s'avançait vers lui à son tour.

— Peux-tu tenir debout ? demanda-t-il à Kasia.

— Oui…

Il la reposa à terre pour marcher droit sur son frère.

— Espèce d'enfoiré ! cria-t-il en kholadi.

L'instant d'après, le cheikh basculait en arrière sous la violence du coup de poing qui venait de lui arriver en pleine figure. Une douleur fusa dans le bras de Raif, mais il s'en moquait.

— Comment oses-tu mettre la vie de ma femme en danger ? tonna-t-il, en narabien cette fois. Elle porte des jumeaux !

Un concert de gâchettes que l'on arme retentit autour d'eux comme les hommes de Zane levaient leurs fusils. Immédiatement imités par ses propres hommes.

— Baissez vos armes, ordonna Zane en se relevant.

La colère de Raif n'avait pas diminué d'un pouce. Jusqu'à ce que la voix de Kasia s'élève derrière lui.

— Raif, arrête ! Qu'est-ce que tu fais ?

Ses longs doigts fins s'enroulèrent autour de son bras. Ce simple geste suffit à faire retomber sa fureur. Il se retourna et l'enlaça étroitement, le nez enfoui dans sa luxuriante crinière. Seigneur, c'était si bon de la retrouver !

— Raif, tu dois intervenir aussi, lui chuchota-t-elle.

D'un hochement de tête, il intima à ses hommes de baisser leurs armes à leur tour.

— J'ai un message pour toi de la part de ma reine, lança Zane.

Son sourire en coin malgré sa lèvre en sang dérouta Raif. Que pouvait-il bien y avoir de drôle dans leur situation ?

— Je suis désolée, Zane. Je n'aurais pas dû t'impliquer là-dedans, s'excusa Kasia.

— Ce n'est rien, Kaz. Nous te soutiendrons toujours, quoi qu'il arrive.

La complicité entre Kasia et son frère raviva la colère de Raif. Cela, et l'étrange affection dans le regard de Zane là où il s'était attendu à du mépris. Il avait la désagréable impression de ne rien comprendre à ce qui se passait, entre Zane et Kasia, mais aussi dans son propre cœur. Il avait bien failli déclencher une guerre en frappant le cheikh. Et il n'hésiterait pas une seconde à recommencer si c'était pour protéger Kasia.

Le sourire de Zane s'élargit.

— Voici le message de Cat : « Cesse de jouer les imbéciles et parle à ta femme. »

D'un claquement de doigts, il fit signe à ses hommes de remonter en selle.

— Maintenant, si tu veux bien m'excuser… J'aimerais être rentré à notre campement avant la tombée de la nuit.

— Attends !

Raif agrippa le bras de son frère, de nouveau sur le point d'exploser.

— Tu ne peux pas laisser Kasia ici. Ce n'est pas sûr pour elle. Elle doit rentrer au palais Doré.

— Ce n'est ni à moi ni à toi d'en décider, répondit Zane en se dégageant. Parle-lui.

Il échangea un regard avec Kasia et hocha la tête. Cette compréhension tacite entre eux lui fit monter la bile à la gorge.

— C'est une adulte, tu sais. Elle est capable de faire ses propres choix. Et pour une raison qui m'échappe, ajouta Zane avec un demi-sourire, c'est avec toi qu'elle veut être.

Il se tourna vers Kasia.

— Je reste au campement une journée de plus. Envoie un cavalier si tu as besoin que je vienne te chercher.

Kasia le remercia tandis que Raif demeurait silencieux, partagé entre fureur et confusion. Son frère prit congé et, quelques minutes plus tard, lui et sa troupe s'élançaient au galop à l'assaut des dunes.

— Raif, il faut qu'on parle, assena Kasia lorsqu'ils furent seuls.

— En effet.

D'autorité, il la souleva dans ses bras et se dirigea vers sa tente, située un peu à l'écart à l'arrière du campement.

— Après quoi, je te ramène moi-même au palais Doré.

Elle ne pouvait pas rester là. Son désir pour elle menaçait déjà de lui faire rompre sa promesse de ne plus la toucher. Il avait tellement envie d'elle ! Non, il avait *besoin* d'elle. Et céder à ce besoin, c'était la mettre un peu plus en danger.

— Raif, pose-moi par terre. Je peux marcher.

Kasia avait parlé d'une voix ferme, résolue à se faire entendre. Une tâche compliquée par sa position, pressée contre son torse musclé et moite de sueur, étourdie par son odeur virile. Mais son trouble tenait davantage à la réaction de Raif qu'au brûlant désir palpitant entre ses cuisses.

En retrouvant Raif, elle s'était attendue à de la surprise. De la colère du fait qu'elle ait ignoré ses ordres. Mais rien ne l'avait préparée à une telle explosion de violence. Le maelström d'émotions dans ses yeux lorsqu'il avait frappé Zane, l'angoisse gravée sur ses traits dépassaient de loin le simple choc. Quelque chose le hantait, plus sérieux qu'elle ne l'avait imaginé.

— Hors de question, décréta-t-il sans s'arrêter.

Tous ses hommes se retournaient pour les regarder passer avec curiosité.

— Raif, s'il te plaît, plaida-t-elle en se tortillant entre ses bras.

— Cesse de gigoter, veux-tu ?

Sitôt dans sa tente, il lança un ordre en kholadi à une vieille femme occupée à ranger. Kasia, qui étudiait la langue depuis plus d'une semaine maintenant, saisit au vol le mot « docteur ».

— Stop ! s'écria-t-elle, en kholadi également.

Elle ajouta dans une phrase simple qu'un médecin n'était

pas nécessaire. Raif fit signe à la vieille femme de les laisser seuls, avant de la poser enfin à terre.

— Tu parles le kholadi ? dit-il avec un froncement de sourcils.

Son étonnement agaça Kasia. Pensait-il vraiment qu'elle ne se donnerait pas la peine d'apprendre la langue de son peuple ? Mais Raif ne semblait toujours pas disposé à l'écouter.

— Kasia, tu dois voir un médecin…

— Et moi, je te dis que non, le coupa-t-elle. Depuis la dernière fois que je t'ai vu, mes nausées se sont estompées. Exactement comme l'avait dit le Dr Siddiqui. Je vais bien.

— Comment peux-tu aller bien après avoir chevauché deux jours dans le désert dans ton état ? s'écria Raif d'une voix enflée par la colère. Tu n'aurais pas dû venir. Pourquoi prendre un tel risque ?

Kasia avait traversé des milliers de kilomètres pour avoir cette confrontation. Elle s'était préparée au pire. À ce qu'il lui dise qu'il n'était pas amoureux et ne pourrait jamais l'aimer. À ce qu'il se détourne d'elle, comme sa mère autrefois. Mais l'angoisse qu'elle lisait dans son regard en cet instant, elle ne l'avait jamais vue avant. Après tout, de quoi pourrait-il avoir peur ? Il était un guerrier du désert, fier et indomptable. Pourtant, derrière cette façade se cachait un homme profondément sensible, capable de tendresse et d'empathie. Ces dernières semaines ne le lui avaient-elles pas prouvé ?

Prenant son courage à deux mains, elle se jeta à l'eau.

— Je suis venue parce que je t'aime, Raif. Je suis ta femme. Maintenant que nous sommes mariés, je veux faire partie de ta vie, qu'elle soit ici dans le désert, à Londres ou à New York. Où que tu aies besoin d'être, je veux y être avec toi.

Raif recula, le choc gravé sur ses traits.

— Non, tu ne peux pas m'aimer… Je ne suis pas…

Sa phrase resta en suspens.

— Tu n'es pas quoi, Raif ? l'encouragea-t-elle doucement.

Sans crier gare, il la tira par le bras et la serra contre lui à l'étouffer.

— Je ne suis pas un homme bien, murmura-t-il, les

yeux plongés dans les siens. Je l'ai tuée, mais ça ne m'a pas empêché de te mettre en danger.

Tuée ? Qui avait-il tué ? De quoi parlait-il ? Soudain, la lumière se fit dans l'esprit de Kasia. Sa mère. Il parlait de cette mère qu'il n'avait jamais connue et en mémoire de laquelle il l'avait demandée en mariage après l'avoir déflorée.

— Je suis resté en toi alors que tu étais vierge, continua-t-il d'une voix brisée. Maintenant, tu portes deux bébés qui sont trop gros pour ton corps.

Le cœur de Kasia gonfla dans sa poitrine. Elle qui l'avait cru incapable de les aimer, elle et leurs bébés… En réalité, il les aimait déjà, depuis le début. Peut-être même trop. C'est là qu'elle remarqua les cernes sous ses yeux. Avait-il seulement dormi, toute cette semaine où ils avaient été séparés ? Comment avait-elle pu passer à côté de ce qui le tourmentait ?

— Kasia, je ne veux pas te perdre. Si tu m'aimes vraiment, retourne en lieu sûr…

— Chut.

Elle le fit taire d'un baiser.

— Je ne vais pas mourir, Raif. Je suis forte et en bonne santé. Il y a des médecins ici, et même une clinique à moins d'un jour à cheval. Les femmes mettent des bébés au monde tous les jours sans problème, y compris des jumeaux.

— Ce sont des Kholadies. Elles sont habituées à la vie dans le désert, protesta-t-il.

Elle sourit, émue aux larmes. Ce qu'il pouvait être idiot, parfois.

— Moi aussi, je suis une Kholadie, désormais. Non ?

Mais ce n'était pas son adaptation à leur vie nomade qui inquiétait Raif. Ses craintes pour sa vie étaient bien plus personnelles. C'était de ses propres sentiments dont il avait peur, comme elle-même avait redouté d'affronter les siens. Peut-être le comprenait-elle mieux qu'il ne se comprenait lui-même. C'était difficile pour lui qui ne s'était jamais attaché à personne. À elle de lui montrer le mode d'emploi.

Attrapant sa main, elle la posa sur son ventre par-dessus la dishdasha. Elle ne sentait pas encore les bébés bouger, mais son ventre avait déjà commencé à joliment s'arrondir.

— Tu sens nos enfants en moi, Raif ? Je te promets de toujours les protéger. Je les aime comme je t'aime, toi. L'amour est un don du ciel. Terrifiant parfois, c'est vrai. Tu comptes tellement pour moi que j'ai peur de te perdre aussi. Mais le seul moyen de surmonter cela est de le faire ensemble.

Raif fixa sa main sur son ventre un long moment. Lorsqu'il releva enfin la tête, son regard brillait d'un amour sincère et sans retenue.

— Je voulais que tu sois en sécurité, murmura-t-il.

— Je *suis* en sécurité. Tant que je suis avec toi.

Alors il tomba à genoux devant elle et serra très fort ses hanches entre ses mains, la joue pressée contre son ventre. Kasia en eut les larmes aux yeux. Jamais elle n'aurait cru un jour être adorée ainsi. Elle glissa les doigts dans ses cheveux et le sentit frémir à ce contact. Il leva la tête vers elle. Dans ses prunelles luisait une flamme qu'elle connaissait bien.

— Donc tu refuses de t'en aller ? demanda-t-il.

— En effet.

— Dans ce cas, j'ai bien peur d'être obligé de te punir…

D'un geste fluide, il la souleva de terre et elle se laissa transporter vers le lit dans un grand éclat de rire.

Alors que le crépuscule tombait sur les dunes, il lui fit l'amour lentement, *trop* lentement, avec d'infinies précautions. Ce qui n'empêcha pas Kasia de basculer dans l'abîme une première fois, puis une deuxième, et même une troisième. Mais blottie dans les bras de son prince du désert, elle savait qu'il serait toujours là pour la rattraper. Toujours.

Épilogue

Neuf mois plus tard

— Moi aussi, oncle Raif, je veux la porter !

Raif se tourna vers son neveu tandis que, dans ses bras, sa fille aînée le contemplait de ses grands yeux confiants. William tirait frénétiquement sur son pantalon d'un air implorant.

— Peut-être quand tu seras un peu plus grand, dit Raif en resserrant d'instinct son étreinte autour du bébé.

William fronça les sourcils.

— Pourquoi pas maintenant ? Tante Kasia laisse bien Kaliah le faire…

— Parce que Amal et Jazmin sont tout pour moi. Je ne voudrais pas que tu les fasses tomber, répondit Raif avec franchise.

Il comptait d'ailleurs en toucher un mot à Kasia. Était-ce bien prudent de laisser une fillette de six ans au caractère aussi impétueux porter leurs bébés ?

— C'est pas juste ! protesta le garçonnet dans une moue boudeuse.

Il quitta en trombe la chambre que Kasia et lui occupaient le temps de leur séjour au palais Doré. Sans doute pour se plaindre à son père de cette terrible injustice. Raif ne put réprimer un rire.

Bon courage, bonhomme.

Zane prendrait son parti, bien sûr, aussi protecteur envers ses enfants que Raif l'était avec les siens. Ces derniers mois, lui et son frère s'étaient considérablement rapprochés. Leur ancienne rivalité s'était muée en une amitié solide, ancrée dans leurs angoisses communes et sans cesse renouvelées de jeunes pères. Raif avait cru devenir fou durant les vingt-quatre heures de travail endurées par Kasia. Sa femme souffrait le martyre et il ne pouvait rien faire pour la soulager ! Jamais il ne s'était senti aussi impuissant. Puis étaient venues les coliques, les nuits blanches, les crises de pleurs… Chaque fois, Raif avait paniqué, convaincu d'être le pire père au monde. Et chaque fois, Zane avait été là pour le rassurer.

« Cesse de t'inquiéter pour tout, Raif. Crois-moi, le pire est à venir. Tu verras quand elles auront six ans et voudront chevaucher plus vite que leur père… »

Raif sourit à ce souvenir. Dans ses bras, la petite Jazmin avait fini par fermer les yeux. Enfin ! Il l'embrassa sur le front, la poitrine gonflée d'amour et de fierté, avant de se diriger vers la chambre attenante.

Dans le fauteuil près du lit, Kasia donnait le sein à leur cadette, Amal, parée d'un halo d'or par le soleil du matin. Le cœur de Raif manqua un battement. Dieu ce qu'il aimait cette femme ! Il aimait son sourire, sa douceur, son intelligence. Il la vénérait pour son soutien sans faille et son amour inconditionnel. Lorsqu'elle leva la tête et lui sourit, l'émotion lui noua la gorge.

Il déposa Jazmin dans son berceau comme si elle était la chose la plus précieuse au monde. Et elle l'était. Elle, sa sœur et leur mère.

— Bravo, tu as réussi à l'endormir, le félicita Kasia.

— Un jeu d'enfant, se vanta-t-il d'un ton faussement assuré. À ton tour.

Une lueur amusée brilla dans ses yeux ambrés, dont il espérait que leurs filles héritent toutes les deux.

— Oh ! je crois qu'on a perdu Amal aussi, dit-elle en souriant au bébé endormi sur son sein. Un partout !

D'un geste très doux, elle détacha les petites lèvres du mamelon qu'elles tétaient. Un éclair de désir traversa Raif à la vue du sein nu de Kasia. Suivi par un accès de honte. Bon sang, quel homme bavait devant sa femme allaitant leur enfant ? À peine trois mois après son éprouvant accouchement ?

— Laisse-moi m'occuper d'Amal, offrit-il, sautant sur l'occasion de se distraire l'esprit.

Le regard tourné ailleurs, il souleva le bébé des bras de sa mère, lui frotta le dos jusqu'à ce qu'elle fasse son rot, puis la coucha délicatement à côté de sa sœur. Elles étaient si jolies, toutes les deux. Si minuscules et sans défense. Un jour, elles aussi dirigeraient les Kholadis, car elles étaient aussi fortes, intelligentes et courageuses que leur mère. Mais pas tout de suite, se rassura-t-il en son for intérieur. Dieu merci, il avait encore quelques années devant lui avant de s'inquiéter d'éventuels incidents diplomatiques.

— Quelle heure est-il ? demanda Kasia dans son dos.

— Un peu plus de 10 heures, répondit-il sans se retourner.

Une certaine réaction masculine le lui interdisait.

— Est-ce aujourd'hui que tu rentres au campement ?

— Non, demain.

Il perçut un froissement de tissu derrière lui. Était-elle en train de se déshabiller ? La réponse de son corps ne se fit pas attendre. *Et zut.* Le déjeuner ne serait pas servi avant midi. Il devait à tout prix trouver de quoi s'occuper et oublier son désir, afin de laisser Kasia se reposer en paix. Peut-être Zane serait-il partant pour une balade à cheval ?

— Bien, cela nous laisse deux heures. Justement, j'ai demandé qu'on nous fasse couler un bain.

L'intonation séductrice de Kasia le poussa à faire volte-face. Sa mâchoire manqua se décrocher devant la jeune femme, nue sous un peignoir quasi transparent laissant entrevoir la tache sombre de ses mamelons et le triangle tentateur entre ses cuisses. Il déglutit, sans plus chercher à contrôler sa libido. C'était peine perdue.

— Kasia, qu'est-ce que tu fais ?– Je séduis mon mari, quelle question.

Kasia vit avec satisfaction les prunelles de Raif s'assombrir.

— Mais tu dois te reposer, protesta-t-il d'une voix enrouée.

L'effort qu'il faisait pour refouler son désir était palpable. Kasia savait ce qu'il ressentait. Il ne l'avait plus touchée depuis la naissance des jumelles. Elle avait fini par accepter, à sa demande pressante, d'accoucher au palais Doré plutôt qu'en

Kholadi. Elle avait même cédé lorsqu'il avait insisté pour qu'elle y reste jusqu'aux quatre mois des bébés.

Aujourd'hui, elle avait hâte de rentrer à la maison avec son mari et ses enfants. Son accouchement difficile avait profondément affecté Raif, bien sûr. Sans doute avait-il eu très peur de les perdre. Mais pas question d'éviter le sujet plus longtemps. Si elle devait rester ici un mois de plus, qu'ils retrouvent au moins une vie sexuelle épanouie. C'était *elle* qui avait accouché, pas lui ! Malgré le feu vert du médecin, Raif craignait encore de la toucher. Il avait besoin de temps et elle le lui avait donné. À cela s'ajoutait la fatigue, les jumelles accaparant l'essentiel de leur temps. Mais n'était-ce pas une raison de plus pour profiter de leurs rares moments à deux ?

Elle n'était pas fatiguée, en cet instant. Là, tout de suite, elle avait envie de Raif.

Dénouant le cordon, elle laissa le très fin peignoir glisser le long de ses épaules. Le souffle de Raif se raccourcit visiblement, le relief sous son pantalon de plus en plus marqué. Elle le laissa la dévorer des yeux à loisir. Son corps avait changé, c'était inévitable. Son ventre était un peu moins plat, ses seins un peu moins fermes, ses hanches légèrement plus rondes. Mais le regard de braise de Raif sur ses courbes plantureuses ne laissait aucun doute quant au désir qu'elles lui inspiraient.

— Que se passe-t-il, Raif ? Tu n'aimes pas ce que tu vois ? susurra-t-elle.

— Tu sais bien que si, grogna-t-il, la voix très rauque.

— Alors viens me rejoindre, lança-t-elle d'un ton lascif.

Elle se dirigea vers la salle de bains d'une démarche chaloupée offrant une vue imprenable sur ses fesses. Et sourit quand un juron en kholadi s'éleva dans son dos.

Une multitude de pétales flottaient éparpillés à la surface du bassin. *Parfait.* Cela faisait plus d'une semaine qu'elle planifiait cette opération séduction. Elle entra dans l'eau parfumée, laissant sa chaleur et les huiles essentielles délasser ses muscles. Derrière elle, Raif entra à son tour. Telle une naïade, elle puisa de l'eau entre ses mains qu'elle fit couler sensuellement sur sa poitrine. Un nouveau juron lui parvint, accompagné d'un frou-frou de vêtements enlevés à la hâte. Suivit un énorme plouf et moins d'une seconde après, deux larges mains encerclaient sa taille pour l'obliger à se retourner. D'instinct, elle se frotta contre son membre érigé.

— Petite sorcière… Tu sais bien que je suis incapable de te résister.

— Alors ne résiste pas, murmura-t-elle en prenant son visage entre ses mains.

Mais avant qu'elle n'ait pu l'embrasser, il recula la tête. Une profonde angoisse voilait ses prunelles.

— Je ne veux pas te faire de mal, Kasia.

— Tu ne le pourrais pas même si tu le voulais. S'il te plaît, Raif… Nous en avons envie tous les deux.

Elle vit le désir prendre le dessus dans ses yeux.

— Tu en es sûre ?

Pour toute réponse, elle se jeta dans ses bras et noua les jambes autour de lui. L'extrémité de son sexe pressait contre ses lèvres intimes en une irrésistible invitation. Fermement maintenue par ses mains sur ses hanches, elle s'empala sur lui, l'aspirant tout entier en elle. Un grognement de plaisir jaillit de leurs lèvres à l'unisson.

C'était si bon de ne faire à nouveau plus qu'un avec lui ! Une exquise sensation de plénitude se répandit en elle. Ils avaient parcouru un tel chemin ensemble. Et le voyage ne faisait que commencer.

— Maintenant, fais-moi l'amour avant que les filles ne se réveillent, intima-t-elle.

Un sourire aux lèvres, il la plaqua contre le bord du bassin et commença à bouger en elle.

— Vos désirs sont des ordres, ma princesse.

Pour une fois, c'était elle qui décidait. Et il se faisait un plaisir de lui obéir.

Vous avez aimé *Son cavalier du désert* ?
Retrouvez en numérique l'univers de Heidi Rice
dans *Le bébé de Narabie*.

Retrouvez prochainement,
dans votre collection

AZUR

Les époux des Highlands,
de Melanie Milburne - N°4235

MARIAGE ARRANGÉ

Épouser Logan McLaughlin afin de sauver le domaine de Bellbrae ? L'idée est aussi séduisante que folle, pour Layla. Bien qu'elle ait grandi dans ce château des Highlands, elle ne connaît que l'aile des domestiques, tandis que Logan en est l'héritier. Alors qu'elle admirait de loin le bel aristocrate, lui se lançait à la conquête du monde… Tout les sépare et pourtant, aujourd'hui, Logan a besoin d'une épouse pour conserver les terres de ses ancêtres. Et, contre toute attente, c'est à elle qu'il a décidé de se lier…

La maîtresse d'un duc espagnol,
de Caitlin Crews - N°4236

Implacable. Irrésistible. Hors d'atteinte. Son Excellence Mateo de Luz, duc de Marinceli, est tout cela pour Amelia. Jusqu'au jour où elle décide de le séduire, incognito, à l'occasion d'un bal masqué. Grisée de le voir enfin partager le désir qui la consume depuis si longtemps, Amelia s'offre à lui, pour quelques heures de délices. Mais ce moment d'égarement n'est pas sans conséquence, hélas ! Quand elle se découvre enceinte, en effet, Amelia n'a d'autre choix que de retourner au domaine du grand d'Espagne, pour révéler à Teo qu'elle a été sa maîtresse d'une nuit… et qu'elle porte son enfant !

Le prince scandaleux, de Maisey Yates - N°4237

S'il y a un homme que Latika méprise par-dessus tout, c'est bien le prince Gunnar von Bjornland. Hédoniste à la vie dissolue, celui-ci est auréolé de scandale et embarrasse la couronne depuis trop longtemps. Pour cette raison, Latika a été chargée par la reine elle-même de le réformer… en lui trouvant une épouse digne de ce nom ! Mais, alors qu'elle cherche la femme qui saura tenir tête à cet homme impossible, Latika est soudain contrainte de proposer à Gunnar de devenir elle-même sa princesse…

Une semaine avec lui, d'Ally Blake - N°4238

Une semaine de tentation… Alors que Harper est de retour à Blue Moon Bay pour assister au mariage de sa sœur, la voilà obligée de vivre sous le même toit que Cormac Wharton, dont elle était éperdument amoureuse au lycée. Devenue une brillante femme d'affaires, toujours maîtresse de ses émotions, Harper se croyait immunisée contre la séduction d'un play-boy comme lui ! Hélas, dès qu'elle se trouve auprès de Cormac, son cœur s'affole – bien plus encore qu'autrefois…

Séduction royale, de Dani Collins - N°4239

Que fait un prince à Lonely Lake, petit village reculé de la vallée des Rockies canadiennes ? D'abord méfiante envers le prestigieux pensionnaire du spa familial, Sopi tombe vite sous le charme de Rhys Charlemaine. Et pour cause : sous son regard brûlant, elle n'est plus une simple domestique, mais une femme désirable et désirée. Alors, pour la première fois de sa vie, Sopi succombe au bonheur et au plaisir d'être aimée. Jusqu'au jour où Rhys lui révèle ses véritables intentions, faisant voler en éclats le conte de fées dans lequel elle s'était égarée…

La proposition de Cesare Durante, de Clare Connelly - N°4240

« Deux semaines. Dans mon lit. » La proposition de Cesare Durante est aussi choquante que tentante… Depuis qu'elle a goûté au plaisir dans les bras de cet Italien sombre et arrogant, Jemima ne pense qu'à le retrouver. Seulement, elle sait que la situation est dangereuse pour elle. Non seulement l'homme d'affaires peut sauver ou briser sa famille d'un simple claquement de doigts mais, surtout, il détient sur son cœur un pouvoir insensé ! Bouleversée par les émotions qui l'assaillent, Jemima hésite : peut-elle céder à Cesare… ou doit-elle lui résister ?

Le fruit d'une liaison new-yorkaise, de Susan Meier - N°4241

SÉRIE : *LES HÉRITIERS DE MANHATTAN* - 1/3

Avoir une liaison avec l'un des hommes les plus riches de New York n'était pas une bonne idée. Or, maintenant qu'Avery est séparée et enceinte de Jake McCallan, elle mesure l'ampleur de cette folie. Jamais elle n'acceptera que son enfant grandisse dans le milieu privilégié de Jake, perdu au milieu d'une armée de chauffeurs, de nounous et de domestiques. Résolue à le protéger de cet univers luxueux qu'elle exècre, elle cache sa grossesse à l'homme d'affaires. Mais, hélas, celui-ci ne tarde pas à découvrir la vérité – et à lui réclamer son héritier !

Les enfants d'un séducteur italien, de Lynne Graham - N°4242

SÉRIE : *TROIS SŒURS À SÉDUIRE* - 2/3

Pour éviter un scandale retentissant, Raffaele di Mancini est forcé d'épouser Vivien, une jeune femme qui ne partage avec lui rien d'autre qu'une passion inassouvie. Et c'est par une nuit de délices qu'il parvient à la convaincre du bien-fondé de leur union qui devra rester temporaire et de pure convenance. Seulement voilà, quand après leur folle étreinte Vivien découvre qu'elle attend des jumeaux de lui, Raffaele comprend que la situation lui a échappé. Comment désormais rendre à Vivien sa liberté, alors qu'elle donnera bientôt le jour à ses héritiers ?

Mariage en mer Égée, de Jane Porter - N°4243

SÉRIE : *PASSION AU PARADIS* - 3/6

C'est un jour de noces idéal : le ciel est bleu, le soleil illumine la petite chapelle grecque, sur fond de mer Égée. Seulement voilà, la mariée n'est pas censée se trouver ici ! Parce que sa sœur a rompu ses vœux au dernier moment, Kassiani a été sommée par son père de la remplacer à l'autel, pour honorer une union de convenance entre sa famille et celle de Damen Alexopoulos. Une situation d'autant plus difficile qu'elle est humiliante, pour Kass. Alors qu'elle ne peut s'empêcher de dévorer des yeux son sublime mari, celui-ci ne lui accorde pas un regard… Au point qu'elle décide bientôt de donner une chance à ce mariage forcé, en séduisant son époux !

La passion de Leonora, d'Abby Green - N°4244

Abandonnée par son fiancé en pleine réception mondaine, Leonora fuit l'humiliation en présence d'un autre homme, qui lui propose galamment son assistance. Gabriel Ortega Cruz y Torres, puisque c'est son nom, n'est pas tout à fait un inconnu pour elle. Aristocrate réputé pour son intransigeance en affaires et ses conquêtes féminines, il exerce sur Leonora un attrait interdit, depuis le jour où elle a posé les yeux sur lui. Alors, quand elle se retrouve chez Gabriel, secouée par un maelström d'émotions, elle n'a soudain plus qu'une envie : explorer le désir qui la pousse vers cet homme. Sans se douter qu'il lui cache sa véritable identité…

Captive au paradis, de Michelle Smart - N°4245

Prisonnière ? Emily n'en revient pas. Si elle s'est introduite dans le bureau de Pascha Virshilas, le puissant patron de son père, c'était pour trouver les preuves qui disculperaient ce dernier, injustement accusé de vol. Jamais elle n'aurait imaginé mettre la main sur des informations confidentielles et encore moins être surprise par le redoutable milliardaire en personne. Furieux, celui-ci s'est montré très clair : il est hors de question qu'elle divulgue ces informations avant que les transactions secrètes qu'il mène actuellement soient arrivées à leur terme. Et, pour s'assurer de son silence, il compte la garder prisonnière sur son île au large de Porto Rico…